KB107001

군에 간 아들에게 보내는 그림 편지

아들 사랑이 지극한 친구 장건조 화백의
『아들아』책 출간을 진심으로 축하합니다.

2014년 10월 30일

만화가 · 한국예술종합학교 교수 박 재 동

군에 간 아들에게 보내는 그림 편지

아들아

장 건 조 지음

무 량 수

뜻 깊은 2014년 청마의 해에 군대에 간 아들에게 보낸 그림편지를 묶어 『아들아』라는 제명의 책을 무량수 출판사에서 발간하게 되어 너무도 기쁘게 생각합니다.

제가 7년 전에 불교에 입문하여 하안거·동안거 기간 산사에서 참선정진을 하던 중, 2012년 7월 마흔 두 살 때 얻은 늦둥이 외아들 진혁이가 육군에 입대한다는 소식을 들었습니다. 그 순간 저는 아들이 군대생활을 무사히 마칠 수 있게 격려의 그림편지를 쓰기로 결심했습니다.

아들이 논산훈련소에서 훈련을 마치고 공병으로 후반기 교육을 받고 '지뢰탐지병'이 되어 서부전선 최전방 판문점이 있는 1사단에 배치 받았다는 소식을 접하자 애틋한 마음이 더욱 커져갔습니다.

그동안 가정을 떠나 '참나'를 찾고자 참선공부만 한다고 애비노릇 제대로 하지 못한 못난 아비로써 '참회의 마음'으로 아들의 힘

든 군대생활에 용기를 불어 넣어 주고자 했습니다. 편지 속에 화가 아버지로서 색연필로 삽화를 그려 그동안 다하지 못한 정(情)을 담아 매 주 한 두통의 그림편지를 보냈습니다.

아들이 군에 입대할 무렵 부산 해운정사에서 진제 종정예하의 지도아래 참선공부를 하고 있을 때, 이등병 아들에게 진제(眞際) 종정예하 큰스님께서 태극기가 인쇄된 A4용지에 '처처작주(處處作主)'가는 곳마다 주인이 되라는 격려의 법어를 손수 내려주셨습니다. 그리고 아들에게 다른 훌륭한 분들의 격려의 글들도 받아 그림편지와 함께 보내면 아들에게 훌륭한 사람들의 기운(氣運)이 전해질 뿐만 아니라, 장차 아들이 큰 인물이 될 것이라는 말씀도 하셨습니다.

종정 큰스님의 말씀을 받들어 저와 연이 있는 지인(知人)들로부터 격려의 글을 받았습니다. 매주 이렇게 한 두통의 그림편지를 보내다 보니 부대에서도 소문이 나고 제대말년에는 67년 창군 이래 병사아들에게 제대할 때까지 편지를 보내는 최초의 아버지로 국방일보(2014년 2월 7일자)에 소개되어 저의 그림편지가 전군에 알려지게 되었습니다.

지난 4월, 경기도 28사단에서 윤 일병이 선임병들에게 구타로 목숨을 잃어갈 때, 저의 아들은 파주 1사단에서 건강한 모습으로 제대를 하였습니다.

아들의 제대 후, 우리군은 윤 일병 사건, 동부전선 22사단 총기난사 사건, 휴가병 자살 사건을 비롯한 군 간부들의 일탈행위로 군을 신뢰했던 전 국민들의 가슴을 멍들게 만들고 있습니다. 관심병사 문제로 바람 잘 날이 없는 군대가 된 것은 안타까운 일입니다.

아버지의 아들에 대한 사랑이 고스란히 담긴 『아들아』 책이 출간되어 군에 자식을 보내 하루하루가 불안한 부모님들, 입대를 앞둔 자식을 가진 부모들의 가슴에 위안이 되는 책이 되었으면 좋겠다는 생각을 가져 봅니다. 인터넷이 발달하고 스마트폰이 일상화되었지만 부모님께서 직접 펜을 들어 편지지에 정(情)이 듬뿍 담겨있는 위문편지를 병사 아들에게 보낸다면 군에 있는 병사아들은 얼마

나 감동을 받으며 아름다운 군 생활이 되겠습니까!

　군대에 있는 병사들이 『아들아』 책을 통해 이등병, 일병 때는 상명하복의 자세를 배우고, 상병 때는 위아래 병사들의 화합조절능력으로 전우애를 발휘하며 고참 병장 때는 책임감을 가지고 선임병으로서의 솔선수범자세와 후임병을 따뜻하게 대하는 법을 알려줄 수 있는 길잡이가 되길 소원합니다. 단결된 군대생활 속에서 전우애가 싹트고, 애국심이 고취되기를 간절히 바랍니다.

　『아들아』 책이 군대에 사랑하는 자식을 보내고 그리워하는 부모님들의 마음을 대변하는 책이 될 것이라는 주위에서의 아낌없는 격려에 송구스러운 마음을 가지며 이 책이 임무수행에 여념이 없는 장병들의 소중한 위문편지가 될 수 있다면 더 없는 영광으로 여기겠습니다.

　전진! 감사합니다.

2014년 9월 8일 한가위 날

大海 장 건 조

장건조 화백과의 특별한 인연으로 추천의 글을 쓰게 된 것이 반갑기도 하고 뜻있는 일이라고 생각되어 흔쾌히 응낙하였습니다.

지금부터 40년 전인 70년대 초, 제가 육군대령의 계급을 달고 특수부대 부대장으로 근무할 때, 장건조 이등병을 처음 만났습니다. 미술특기병으로 차출되어 와서, 특별히 적전술 조교로도 근무하였으며 전군포스터대회에서 1등으로 참모총장상을 받는 등 기능이 탁월한 병사로서 임무에 충실한 모범 병사였습니다.

그 후 제대한 장건조 화백은 투철한 군인정신의 자세를 잊지 않고, 아직도 저와의 인연을 계속하며 저를 만나면 언제나 차렷 자세로 "충성!"의 구호로 경례를 올리고, 저를 옛날의 대장님으로 모시듯 진중한 자세를 잃지 않는 특별한 분입니다.

아버지로서 군에 간 아들들을 염려하는 것은 다 같은 마음이겠지만, 늦둥이 아들을 위해 2년여 긴 기간 한 주일도 빠짐없이 100여 통의 편지로 아들을 격려하며 용기를 일깨우고 군인정신을 가다듬게 한 일은 우리 군이 창설된 이래 처음인 걸로 알고 있습니다. 그

것도 그의 특기인 그림을 곁들여 보내게 되니 아들도 아마 뜻있는 군 생활을 할 수 있었으리라 짐작됩니다.

장건조 화백이 이것을 엮어 『아들아』라는 제목으로 책을 내어 많은 병사, 지휘관, 부모들에게 읽히고 싶다고 말하면서, 나의 추천의 글을 부탁하는데, 나는 주저할 수 없었습니다.

평생을 군 생활을 한 전역 예비역 장군으로서, 아버지의 아들에 대한 깊은 애정에 공감하는 부분도 있었지만, 특히 어제오늘 언론 매체를 통하여 여과 없이 노출되는 군내부의 사건들을 접하면서 참담한 마음으로 안타깝고 가슴 아프게 생각하고 있었기에, 그의 『아들아』책의 출간을 가치 있고 참 좋은 일이라고 생각하게 되었기 때문입니다.

군부대 내의 일탈행위는 사랑과 존경이 부족해서라고 생각합니다. 이 책은 간절한 아버지의 아들사랑과 아들의 아버지에 대한 존경의 마음이 모든 병사들과 지휘관, 그리고 아들을 가진 모든 부모들의 마음에 참으로 소중한 지침이 되리라고 생각하며 관계자 여러분의 일독을 권합니다. 장건조 화백의 그 당찬 열의와 용기에 경의를 표하면서 감사드립니다.

한미우호협회 회장 · 예비역 육군대장 **한 철 수**

국방일보를 통하여 아버지가 보내는 유명한 그림 편지로 잘 알려진 장건조 화백께서 『아들아』라는 책자를 발간하게 되었다는 소식을 듣고 매우 반갑고 기쁘게 생각합니다.

어머니의 애틋하고 자상한 사랑은 우리들에게 너무나 많이 알려져 있고, 또 회자(膾炙)되고 있지만 아버지의 진한 사랑은 잘 알려져 있지 않은 것이 오늘날 우리의 현실입니다.

진정한 아버지의 웃음은 어머니의 웃음보다 그 농도가 두 배나 진하며 진정한 아버지의 울음은 어머니의 울음보다 열 배나 더 진한 농도를 가진다고 합니다. 이렇게 진한 아버지의 부정(父情)을 이 책에서 보여 주고 있습니다.

장건조 화백께서는 바다를 특히 좋아하고 사랑하여 그의 호(號)도 대해(大海)로서 우리 해군 해병 용사들에게 특별히 친근하고 따뜻한 마음을 보내주고 있습니다.

사나운 파도와 외로운 고도에서 조국의 바다와 도서를 수호하고 있는 해군, 해병 용사 여러분들에게 여러분의 아버지가 쓴 그림 편지로 생각하며 수시로 읽어 보시길 바랍니다.

그리하여 아버지가 보내는 큰 위로와 사랑으로 군 생활에서 반드시 승리하시길 바랍니다.

전 합동참모본부 차장 · 예비역 해군중장 **강 덕 동**

추천사

요즘 신문을 펼치면 육해공군을 막론하고 군내 인권침해 사건·사고 등을 집중적으로 다룬 기사를 보게 되면서 군의 주요지휘관으로서의 경력을 가진 저는 안타까운 마음을 금할 수 없는 지경입니다.

오랜 군대의 경륜과 영공방위를 위한 책임감으로 수만 명의 병사들을 지휘관리했던 그 시절을 돌이켜 보며, 이번에 군대 간 늦둥이 아들에게 보낸 그림편지의 『아들아』 책을 장건조 화백이 출간하게 되어 이렇게 제가 추천의 글을 쓰게 되었습니다.

장건조 화백은 저와는 특별히 초등학교 10년 선후배지간의 인연입니다. 그는 매사에 정열이 넘치며 강한 집념을 가진 적극적인 후배입니다.

군에 간 아들에게 하루가 멀다 하고 그림과 글을 보낸 것이 주변의 화제가 되면서 그 소식이 전군에 퍼져 신문에 게재되었고 이제

『아들아』라는 책으로 발간하게 된 것입니다.

이 책은 사랑하는 자식을 군에 보냈거나 앞으로 군에 보낼 부모들은 물론 현역병이거나 입대를 앞둔 젊은이들에게 어떻게 군대생활을 안전하고 보람되게 할 것인가에 대한 지침서가 될 도서임을 확신합니다.

『아들아』라는 한 권의 책이 나라사랑, 부모사랑, 아들사랑, 전우사랑의 계기를 만드는 효시가 될 수 있도록 많이 윤독 되었으면 합니다.

장건조 후배의 그 열의에 찬 '아들사랑'이 좋은 결실을 맺기를 기원 드립니다.

전 공군참모차장 · 바티칸대사 **배 양 일**

목차

목차

한여름의 무더위 속에
막바지 훈련에
여념이 없는 자랑스러운 내 아들에게

사랑하는 아들 진혁아!

힘든 훈련을 마치고 침상에 쪼그리고 앉아 이 글을 읽고 있는지도 모르겠구나. 지금의 논산훈련소의 어려운 생활은 인생 최대의 도전이자 평생 잊지 못할 귀중한 공부가 되는 시간이 될 것이라고 본다.

아버지도 1973년 여름에 30연대에서 훈련을 받았었다. 현재 포항제철소의 용광로가 비록 40년 전과 달라졌다 해도 용광로 속의 2000℃ 온도는 언제나 똑같은 것처럼, 병영에서의 훈련이란 예나 지금이나 힘들긴 매일반이리라 생각된다. 옛날 그 시절 아버지가 논산훈련소에서 훈련 받던 어려움이 지금 너의 어려움과 오버랩 되는구나.

진혁아!

어려움 속에서도 당당하게 훈련에 임하고 동료 전우들을 생각하며 솔선수범하는 멋진 사나이가 되어야 한다.

오늘은 청희를 만나 반송「가야밀면」에서 점심을 먹으면서 네 소식을 들었다. 오후에는 온천장 CGV에서「다크 나이트 라이즈」라는 영화를 같이 보고 헤어져 저녁 늦게 책상에 앉았다. 아버지는 사실 네가 훈련소에서 훈련을 다 마치고 자대에 배치를 받으면 그때 편지를 보내려고 했는데, 네 누나로부터 네가 편지를 기다리고 있다는 말을 듣고 이렇게 펜을 들었다.

얼마 후면 세계의 축제, 런던올림픽이 시작된단다. 런던의 하늘에서 우리 대한의 아들들이 자랑스럽게 올림픽 메달을 목에 걸듯이 너도 훈련병으로 자랑스럽게 '훈련 금메달'을 목에 걸어 보는 건 어떨까! 훈련소에서 흘린 땀과 눈물은 평생의 소중한 자산이 될 것이다.

하늘을 한 번 쳐다보고 아버지 생각을 한 번 해다오.

부산에서 아빠가 격려의 박수를 보낸다. 안녕.

2012년 7월 23일 밤 부산에서 아버지가

명예로운 군인의 자부심을 갖길

진혁아, 그 동안 건강하게 잘 지냈니?

누나를 통해 네 소식은 잘 듣고 있단다.

지난 번 임진각과 동부전선(22사단)으로 귀순한 북한군 문제로 전군이 비상상태에 돌입해 있다고 알고 있다.

말단 이등병인 네가 얼마나 고생을 하고 있는지 짐작은 된단다.

진혁아, 졸병 시절엔 느슨한 생활 보다는 차라리 꽉 짜인 엄격한 생활이 안전사고도 없고 강한 정신력을 키울 수 있는 기회라고 할 수 있어. 언제나 명예로운 군인이라는 자부심을 가지고 생활하길 바란다. 5년 전, 아버지가 임진각에서 '북한 어린이 돕기' 개인 작품전을 펼쳤던 곳이 파주인데, 네가 그곳 1사단에서 근무하다니 참으로 묘한 인연이구나.

진혁아, 그저께 일요일에는 청희와 함께 점심을 먹고, 해운대 스펀지 메가박스에서 「광해」라는 영화를 재밌게 보았다. 너도 면회 때 엄마와 같이 「광해」를 보았다고 전해 들었다.

지난 27일 토요일, 이 곳 부산은 79년 만에 기록적인 폭우가 쏟아지는 바람에 '광안리 불꽃축제'가 하루 연기되어 일요일 밤에 열렸단다. 고모와 같이 서호병원 옥상에서 불꽃 구경을 했단다. 부슬비가 내리는 가운데 열렸던 작년 불꽃축제가 엊그제 같은데, 벌써 또 한 해가 지났다고 생각하니 세월이 빠르다는 것을 느낀다.

　그러나 바깥과 달리 '국방부 시계는 잘 돌아가지 않는다'는 말이 너에게는 훨씬 의미 있게 다가올 것이다. 그 마음은 나도 경험해보아서 잘 이해한다.

　아무쪼록 군 내무생활을 수신(修身)의 기회라 생각하고, 몇 안되는 동기들과도 잘 지내라. 귀한 인연으로 맺어진 전우들이다. 군 생활을 하면서 원만한 인간관계와 소통의 지혜를 익혀두면 사회로 나왔을 때 큰 자산으로 작용할 것이다.

　진혁아, 이젠 연로하여 지난 일들은 잊어버리기 예사인데, 군 생활만은 어제 일 같이 생각이 나는구나. 특수부대 졸병 시절, 아리랑 신고식을 한 달 동안 할 때는 정말 하루하루가 너무 힘들었다. 현재 너의 군 생활도 마찬가지 일게다. 어렵고 힘들겠지만 잘 이겨내라!

　이제 초겨울 11월이다. 이번 기회에 추위 공부한다고 생각해라. 겨울 시베리아나 강원도 동부전선보다는 낫단다. 제설작업도 고생이겠지만 포근한 눈경치도 있다는 걸 잊지 말거라.

　또 소식 전하마. 잘 지내거라.

2012년 10월 31일 부산에서 아버지가

애비 노릇 한 번 제대로 못한 이 못난 아비가

아직도 하늘이 깜깜한 새벽 5시, 불교TV에서 새벽예불을 알리는 시간이면 알람이 울리지 않아도 저절로 일어난단다. 나이가 들면 잠이 없어진다는 말이 와 닿는다.

어쩌면 어제 엄마와의 즐거운 데이트 때문인지도 모르겠구나.

어제 저녁에 테너 박인수 씨의 특별음악회가 부산문화회관에서 열려 오랜만에 엄마와 음악 감상을 했단다. 70대 후반의 늙은 테너 가수와 그의 음대 제자들이 '향수' 등 주옥같은 명곡들을 협연했는데, 빗속의 부산 밤하늘을 음률로 수놓은 듯 했다.

이 세상에서 아빠가 제일 사랑하는 여인, 네 엄마와 함께한 그 시간들이 아직도 가슴을 설레게 하는구나.

어제 엄마를 만나니 너의 걱정이 대단하더라.

"약한 내 아들, 부산에서만 자란 내 아들, 최전방의 차가운 겨울을 어떻게 이겨낼 것인지? 독한 중노동의 공병대 졸병생활이 힘에 부칠 텐데." 라며 같이 길을 걷는 동안에도 온통 아들 걱정뿐이더구나. 군에 보낸 아들을 걱정 안 하는 어머니들이 어디 있겠냐마는 늦게 낳은 외아들이기에 끔찍이도 챙기는구나.

진혁아 이제 알코올 중독에서 완전히 벗어나고 담배의 유혹을 완벽하게 떨쳐버린 아빠의 변한 모습을 보고 네 엄마는 너무도 좋아하더구나.

내일은 음력 9월 23일, 엄마 생일이다.

자갈치 '오아제' 뷔페에서 엄마와 청희 누나와 점심식사를 하기로 했다. 앞으로 엄마와 등산도 다니고, 어렵게 군 생활하는 외아들 늦둥이 때문에라도 자주 오붓한 시간을 갖기로 했단다.

아빠는 요즘 장산 기슭을 오르내리며 운동하고 있다. 이제는 건강을 되찾아 새로운 인생을 살기로 엄마에게 약속했단다.

애비 노릇 한 번 제대로 못한 이 못난 아비가 너에게 글을 전함으로써 기쁨을 주기로 했다. 자주 편지하마.

벌써 창틈으로 날이 밝아 버렸다.

2012년 11월 5일 아버지 보냄

엄마에 대한 감사함 늘 잊지 않도록

진혁아,

새벽 5시 새벽예불 시간에 불교TV 켜놓고 스님의 독경소리를 들으며 이 글을 쓰고 있다.

어제 네 엄마 생일 날, 엄마, 청희 누나와 같이 만나 「오아제」 뷔페에 갔단다. 바다 너머 영도 섬이 바라다 보이고 활기찬 자갈치 시장 부둣가 풍경이 펼쳐져 있는 곳이었는데 너의 빈자리가 너무 아쉬웠다. 오랜만에 가족들과 만나 포만감이 들도록 식사를 하고 네 엄마에게 생일기념카드를 건넸다. '사랑해요. 자식들 키운다고 고생이 많았어요. 감사합니다.' 라고 쓴.

얼마 후면 환갑을 바라보는 나이의 네 엄마이지만 보기에는 40대 같이 보일 정도로 맑고 곱게 보인단다. 어머니 면회 갈 때 함께 찍은 사진을 보내마. 즐겁게 생일파티를 하는 가운데서도 어머니는 또 네 걱정을 하는구나.

"여보, 방송에서 임진강 도하작전을 한다고 하던데, 진혁이가 고생이 많겠어요. 수영은 할 줄 안다지만 마음이 쓰이네요."

　진혁아, 공병대라는 곳은 전투가 벌어지면 제일 먼저 공격의 교두보 확보를 위해 투입되어 강이 있으면 부교를 설치하여 병력, 무기 및 물자 수송에 전력을 다해 공격준비를 해야 하고, 공격이 전개되었을 시에 주변, 지휘본부, 중요 보급품, 무기고 등에 적의 침투를 막는 대인지뢰를 매설하고, 또한 후퇴 시에도 마지막까지 남아 적의 공격을 차단하는 대전차지뢰매설 등 교량폭파까지 하는 어려운 임무를 맡은 곳이다. 이번 훈련기간 동안만이라도 더욱 힘 내거라. 태릉선수촌에 입촌한 국가대표선수라 생각하고, 추위 속의 힘든 훈련 이겨내길 바란다.

　점심을 먹은 후 해운대 메가마트에「007시리즈」영화를 보러 갔단다. 너 역시 그렇지만 우리 식구들 지독한 영화광이잖니! 반송 작업실에 도착하니 아홉시더구나.

　토요일 날에는 엄마와 함께 장산에 등산하기로 했다.

　네 엄마에 대한 감사함 늘 잊지 않도록 해라.

　건강하게 잘 지내라!

2012년 11월 7일 새벽 아버지가

일체유심조 (一切唯心造)

진혁아,

어제 일요일, 음력으로 11월 11일은 너의 생일이 아니더냐. 해운 정사에 계시는 진제 종정 큰 스님을 친견하고, 시자스님인 도광스님과 차를 마시고 있는데, 오랜만에 너의 목소리를 들었다. 참으로 감사했다.

토요일에는 엄마와 둘이서 해운대 장산 지하철역에서부터 해운대 대천공원을 지나 폭포사를 둘러보고 장산 둘레길을 오르며 오랜간만에 네 엄마와 같이 걷기 운동을 했단다. 단풍나무 아래 핀 이름 모를 풀꽃들을 바라보며 두 딸과 막내아들 이야기를 나누었다. 점심이 되자 억새 풀밭에서 김밥을 먹고 반송 방면으로 내려왔다.

등산 잘하던 네 엄마도 이제 예전과 다르구나. 내려갈 때는 무릎이 아프다고 살살 내려가자고 하더구나. 네 엄마도 이제 많이 쇠한 것 같다.

진혁아, '일체유심조(一切唯心造)'란 말이 있다. 모든 것(一切)

은 다 마음이 만드는 것(唯心造)이란 말이다. 지금의 내 처지가 불행하다고 마음먹으면 불행한 것이고, 반대로 행복하다고 마음을 먹으면 행복하다는 것이다. 그러니 자기의 생활, 자기의 지금 처지에서 자기 자신이 어떻게 마음먹느냐에 따라 모든 것이 결정된다는 참으로 멋진 말이다.

어려운 군 생활을 어서 벗어나고 싶은 것이 공병대 졸병의 인지상정이겠지만, 나라를 수호하는 시간이자, 땀 흘리며 나를 단련하는 순간들이라고 생각하면 이 시간들이 괴로운 순간이 아닌 행복한 순간으로 기억될 수도 있을 것이다. '일체유심조(一切唯心造)'라는 말을 조용한 시간에 한 번 음미해 보거라.

내일부터 연제구청에서 '연제구 미술인 작품전'이 열려 이번에도 우주의 점을 찍은 추상작품을 제출하러 구청에 갔다.

밤늦게 너에게 이 글을 쓴다. 이제 피로해 눈이 점점 감기는구나.

다음 소식을 보낼 때까지 안녕.

2012년 11월 12일 아버지가

숭고한 조상숭배정신

이제는 초겨울의 날씨에 접어들었다.

네가 있는 최전방 파주의 하늘에는 흰 눈이 펑펑 내리고 있을지도 모르겠구나. 그저께 토요일 엄마와 같이 해운대 메가박스에서 영화 「브레이킹 던」을 보았다. 전편 영화를 못 봐서 그런지 도무지 이해하기 힘든 영화더구나. 네 엄마는 나오는 배우들의 이름도 꿰뚫고, 진혁이가 보면 틀림없이 좋아할 영화라며 재미있어 하더구나. 엄마와 청희는 요즘 수영을 배우느라 바쁘다.

청희와 엄마는 거제성당에 나간다고 한다. 아빠는 예술가는 예술이 신앙이라고 여긴다. 하지만 종정 큰스님의 영향으로 3년 전부터 불교에 입문해 있는 상태다.

진혁아, 너 역시 군에서도 종교가 필요할 때가 있겠지만 조상님들을 모시는 우리 민족의 관습에도 관심을 가져야 한다. 아빠는 이번 24일 토요일에 의령 대의면 조상님들의 재실에서 「옹곡제」 시사에 가는데, 이번에는 상혁이 형님도 참석 시킬 것이다.

너도 제대하면 꼭 의령 재실에서 지내는 「웅곡단아제」 시사에 참여해야 한다. 숭고한 조상숭배정신은 시대를 떠나 어떤 민족이나 행해오던 것이며 조상을 모신다는 것은 바로 우리의 민족정신이기 때문이다.

　추운 겨울이 되면 동상을 조심해야 한다. 내무반 생활도 열심히 잘하고, 이번 시사 마치고 또 편지하마. 몸 건강하길 바란다.

2012년 11월 19일 아빠가

단양(丹陽) 장씨(張氏) 판서공파(判書公派)

이제는 완연한 겨울이다.

최전방 하얀 눈 속의 매서운 겨울을 경험하고 있을 사랑하는 내 아들 진혁아. 따뜻한 釜山소식을 전하기가 미안하구나. 남쪽 바닷바람과는 완전히 다른 북서풍의 매서운 바람 속에 흰 눈을 밟으며 고생하고 있을 아들아, 추울수록 어깨를 펴고 당당하여라. 튼튼한 너의 두 팔이 있어서 후방의 우리들이 있다는 걸 명심하길 바란다.

지난 22일에 청희와 함께 KBS홀에서 열린 'KBS교향악단' 특별 연주회에 갔단다.

그리고 24일에는 의령 대의면 웅곡(쑥골) 단아재(丹芽齋)에서 조상님들께 시사제를 올렸다. 내가 단양장씨(丹陽張氏)* 39대손으로 제일 높은 항렬의 할아버지에 해당한다. 너도 알고 있는 봉안(68세)·봉영(63세)·영자(70세) 등은 나에게는 조카뻘이 되고 너에게

단양장씨(丹陽張氏)

단양장씨(丹陽張氏)의 시조 장순익(張順翼)은 도시조 태사 충헌공(太師公), 장정필(張貞弼)의 4대손인데, 고려조에 금자광록대부(金紫光祿大夫)에 올라 문하시중(門下侍中)을 지낸 후 단양군(丹陽君)에 봉해졌다. 공의 자손들은 이로부터 단양을 관향으로 하여 가문을 이어왔다.

할아버지와 할머니

는 형님들, 누나들이다. 그 아들들인 원기(53세) · 원철(46세)이가 41대인데, 나에게는 손자들이고 너에게는 조카가 된단다. 너의 형뻘인 산청에 있는 장근도(58세)가 산청군청 국장으로 승진을 하여 시사제를 마치고 승진기념 축하 파티로 합천 삼가에서 뒤풀이도 했다. 아빠는 이제 술은 입에 안 댄단다. 제를 지내고 음복도 안하니 조카들 손자들도 술은 권하지 않는구나. 거제에 있는 상혁이는 장손이라 꼭 참석해야하는데 토요일에도 회사일로 못 왔단다. 너는 제대 후에 꼭 시사에 참석해야한다. 이번 시사 때 원철이가 족보에 관한 설명회를 하면서 족보설명집을 특별 제작하였더구나. 너에게도 한 부 보낸다. 졸병생활에 족보인쇄물을 자세히 읽어 볼 틈이나 있으랴마는 짬 내서 찬찬히 읽어보아라. 사람은 자기의 뿌리를 알아야 한다.

우리는 단양(丹陽) 장씨(張氏) 판서공파(判書公派)다. 조선 태조 이성계의 개국 공신으로 호조판서를 지내신 장천지(張天志) 할아버지의 후손이란다. 돌아가신 할아버지, 할머니 사진도 같이 보낸다.

어려운 일 있으면 할아버지(장용규) 할머니(김금지)를 생각하여라. 조상님들이 너를 지켜줄 것이고, 이 못난 애비도 너의 안녕을 위해 매일 기도하고 있다. 전우들과 명랑하게 웃으며 지내주기 바란다. 다음에 또 편지하마.

2012년 11월 26일(월) 아침 아버지가

진혁아, 큰 꿈을 가져라!

날씨가 춥다.

쏟아지는 폭설로 힘들지는 않는지 걱정이 앞서는구나.

진혁아, 이제는 여성시대가 된 것 같다. 여성이 대통령이 되는 시대가 도래했다. 이번 대통령 선거에서도 7명의 후보 중, 박근혜 후보를 포함해 여성 후보가 네 명이다.

그리고 이곳 부산의 미술계에서도 야단들이다. 곧 제 29대 부산 미술협회 이사장 선거가 열리는데 세 명의 출마자 모두가 여성들이다. 여태까지 그런 예는 없었다. 이번에는 처음으로 여자 미협 이사장이 탄생 하겠구나.

진혁아, 대통령은 비록 우리들의 표로 뽑는 것이지만, 어쩌면 하늘의 뜻에 달렸는지도 모르겠다. 물론 인간의 노력이 전제되지 않고 하늘의 뜻 운운하는 것은 이치에 맞지 않는 일이지만, 시기와 진퇴의 문제는 인간의 지혜보다는 알 수 없는 어떤 힘이 더 크게 작용한다는 느낌이 드는구나. 그러므로 사람은 반드시 큰 꿈을 가지고

　시기와 진퇴에 대비해야 한다.

　진혁아! 너도 큰 꿈을 가져라! 군 졸병시절에 큰 꿈을 가진다는 것
에 의아해 할지도 모르겠지만, 어떤 어려움 속에서도 큰 꿈의 씨앗
을 가슴속에 뿌려두어야 하늘이 감동한단다. 싸늘한 한겨울의 추위
속, 지금의 고통 속에 네 꿈의 씨앗을 가슴속에 품어 두어야 언젠가
는 기도와 노력의 힘으로 새싹을 피울 수 있게 된단다.

　21개월은 네 인생에서 짧은 시간이다. 고통에 짓눌리다보면 무척
길게 느낄 수도 있다만, 지나고 보면 그게 아니라는 것을 알게 될
것이다.

　저번 엄마와 장산 등산가서 찍은 사진, 연제 예술인 작품전 때의
사진, 그리고 고모가 그려달라는 「해바라기」 그림 사진을 같이 보
낸다. 전진부대의 구호대로 '전진' 하여라. 이만 안녕.

2012년 11월 29일 목요일　아버지가

아들아　37

아무리 먹어도 배가 고픈 졸병

그저께 오래된 핸드폰을 바꾸었다.

아빠 중학교 후배 딸이 재송동에서 핸드폰 가게를 하고 있어 단종이 되는 LG핸드폰으로 교체했다. 물론 돈은 더 들지 않았단다.

스마트폰 시대, 인터넷 세상이 되었지만 순수예술을 고집하는 아버지는 아직도 '옛것'을 챙기는 옛사람인가 보다. 그래서인지 너에게 이렇게 펜을 들고 편지를 쓰고 컷(그림)을 그릴 때가 제일 행복하고 기분이 좋아진단다. 요즘은 인터넷이나 스마트폰으로 소식을 주고받으며 선거도 인터넷으로 하는 시대가 되었지만, 잉크가 번지는 종이의 질감과 펜이 지나가는 손맛이 좋고, 그래픽 디자인같이 화면에서 이루어지는 그림보다는 직접 물감냄새가 풍기는 붓터치가 더 좋구나. 색연필같이 색감의 자연스러운 강약의 농도가 지면에 녹아들 때, 그 감동이 진하게 다가온다. 나에게는 기계마저도 구식이 더 편안하게 느껴진다.

장진혁 이병. 군인 시절, 나는 우리 부대 내에서 애인한테 편지

제일 많이 받은 병사였다. 그때 별명이 부라보콘이었던 애인에게 편지를 매일 받았는데, 하루에 두 통이 온 적도 있단다. 한 편지를 가위로 반 쪼개어 두 봉투에 나누어 보내, 내무반에서 두 통의 편지를 같이 개방해서 편지 둘을 붙여 읽어야 그 내용을 알 수 있는 편지를 받기도 했단다. 장건조 병장하면 부대 내에서는 제법 유명인사였지. 그런 추억이 남아 있어서 너에게 이렇게 편지를 하게 되는지도 모르겠다.

엄마는 그저께 처음으로 일본여행을 떠났다. 록희 · 청희 누나와 함께 갔단다.

대선을 앞두고 북한에서 로켓을 쏘겠다하여 군은 비상경계상태에 들어갔다고 하더구나. 아무튼 추위에 조심하고 밥 많이 먹어 두어라! 졸병 때는 아무리 먹어도 배가 고픈 시절이다.

진혁아, 오늘은 이만할게. 전진!

2012년 12월 3일 월요일 아버지가

아름다운 말은 복을 부른다

이번 주는 무지하게 바쁜 한 주였다!

「제32회 부산미술제」가 3일(월) 개최되었고, 내일 8일(토) 부경대에서 「제29대 부산 미술협회 이사장 선거」가 열린단다.

이곳저곳에서 전시회 관계로 뛰어다니랴 인사말 하랴 바쁘게 하루하루를 보내고 있다. 그러면서도 어제부터 반송에 있는 「해운대 건강증진센터」 헬스클럽에 등록하여 내년 보디빌딩 선수권대회(노장급) 입상을 위해 '몸짱 훈련'에 돌입했다.

진혁아, 너도 한 겨울 추위에 주눅 들지 말고 훈련 중에 근육에 신경을 써서 '몸짱 훈련'에 몰입하여라. 1사단, 최전방 공병대 졸병으로서 휴전선 철책공사, 참호 보수공사 등 막노동공사들이 엄청 많을 것이다. 냉 추위에 꽁꽁 얼어붙은 땅 파느라, 팅팅 퉁기는 곡괭이 때문에 두 손엔 물집이 잡혔을지도 모르겠구나.

막노동자 같이 일하면, 뼈 속에 골병이 든다. 그러나 보디빌더가 되겠다고 생각하고 호흡 맞추며, 신경 쓰는 근육부위에 힘을 주고 자세를 바꿔가며 즐겁게 일을 한다면 '몸짱 훈련'이 되는 것이다.

장진혁, 매일 쌓이는 연병장 눈 치우기에 동원 되는 졸병 시절에는 아름답다고 느끼던 하얀 눈들이 악몽같이 느껴질 것이다. 눈만 내리면 욕이 입에서 떠나지 않았던 시절이 나에게도 있었단다.

그러나 험한 말을 입에 담지 말아야한다. 험한 말은 기를 쇠하게 한단다. 성공한 사람치고 험한 말을 하는 사람은 없다. 아름다운 말은 복을 부르고 험한 말은 화를 부르는 법이다.

장진혁 이병, 아버지가 여러 분야의 성공한 사람들에게 격려의 글을 받아 너에게 보내는 것은 그 사람들의 좋은 기운을 통해 너의 꿈이 원만하게 기를을 다지며 커지길 바라는 아버지의 바램이란다.

귀찮고 부질없어 보일지도 모르겠다만 너를 위해 기도하는 아버지의 작은 소망이니 물리치지 말고 수용하려무나.

건강해라. 또 소식 전하마.

2012년 12월 7일 새벽 아버지가

유언장

  – 아빠가 저 세상에 가거든 제사 때마다 그동안 못 마신 술을 마실 수 있도록 좋은 술을 엄청나게 큰사발로 제사상에 놓고 제사를 지내다오. 손자들도 꼭 그렇게 지키게 하여라.

  – 의령(동산공원묘지) 명당에 할아버지, 할머니를 모셨다. 그 바로 아래 터에 아빠, 엄마 산소 마련해 두었다. 아빠 죽으면 그 곳에 묻어주고, 바로 옆에 사랑하는 네 엄마도 꼭 묻어주기 바란다.

  – 매년 벌초 때는 상혁이, 재혁이와 함께 진주(장재실) 할아버지·할머니 산소를 꼭 벌초하고, 의령 할아버지·할머니 산소에 들려 꼭 인사 올려야한다. 바로 아래 아빠·엄마 산소도 있다.

  – 매년 시사(묘사) 때 의령 대의면 웅곡마을 단아재(丹芽齋)에서 조상 시사 날엔 아들과 손자들 데리고 꼭 참석해야한다. 두딸네 지선(록희), 청희도 참석해야 한다.

- 아빠가 죽고 난 후 남은 작품은 화폭 뒤에 표시를 해 두었
다.[眞, 綠, 靑으로 너와 지선(록희), 청희 누나 이름 첫 자로 표시]
그 표시된 작품들은 각자 소유할 권한이 있다. 표시가 없는 작품은
공동소유로 하고「장건조 미술관」이 생기면 미술관 소유로 하면
된다.

　- 아버지가 유명한 작가가 되면 후배작가인 송호준·이홍선과
의논하여「장건조 미술관」을 세우고 '장건조 미술상'도 제정하
여 국제적인 미술상이 되게 해야 한다. 시상식 때는 네 형제들과 자
손들도 꼭 참석해야한다.

　- 아빠, 엄마가 이 세상에 없어도 너희 형제들은 물론 그리고 나
의 자손들은 우리 민족의 '효 사상'을 지키며 제사를 정성껏 지내
고 형제들은 정을 나누며 화기애애하게 잘 지내야 한다.

2012년 12월 15일　아버지가

솔선수범하는 병사가 되길

부대에 무사히 잘 귀대 하였느냐?

처음으로 맞은 특별 휴가도 며칠이 지났구나.

짧은 시간이었지만 너무도 감사한 시간이었단다.

진혁아, 이제부터는 다른 전우들 보다 더욱 더 열심히 근무하며 솔선수범하는 병사가 되어야 한다.

너의 부대장님을 만나보니 정말 병사들을 사랑하는 지휘관이었다. 부하장병들을 조카처럼 생각하며 신경 쓰는 분이더구나.

또한 함께 사진 찍어준 중대장님과 이윤희 보급관님은 정말 친절하신 분들이었다. 언제나 감사하는 마음으로 자대 생활하여라.

오늘 월요일 아침(17日) 건강증진센터에서 땀 흠뻑 흘리며 런닝머신과 기구운동하고, 반송화실에 돌아와 밥을 먹고 바로 펜을 들었다.

어제 부산역에서 너를 보내며 기차가 떠나갈 적에 증기기관차가 검은 연기를 마구 뿜으며 플랫폼을 빠져 나가는 옛 부산역을 상상해 보았단다.

열차 창에 비친 네 모습을 쳐다보는 사이 섭섭하게도 KTX는 쏜 살같이 시야를 벗어나더구나. 사라지는 열차의 뒷모습에 내 아들 진혁이의 안녕을 위해 기도했다.

열심히 해라 !

오늘은 이만 안녕.

2012년 12월 17일 아버지가

이제는 여성의 시대!

이곳 부산도 손이 시릴 정도로 차구나.

젊은이들의 경쾌한 발걸음과 곳곳에 울려 퍼지는 캐럴송이 크리스마스임을 실감케 하는 날이다.

요즘 군대에서는 성탄절에 어떤 특식이 나올지 궁금하구나.

아빠는 제29대 부산미술협회 감사에 당선되었다.

80년대 젊은 시절, 내가 미술협회 회원이 되었을 때, 채 300명도 안 되던 회원들이 그 새 2,000명이나 되어있구나.

미술협회의 정책과 비전을 점검하는 자리가 나의 능력으로 잘 소화될지는 미지수지만 최선을 다해 봉사하려고 한다.

장진혁 이병, 이제는 여성의 시대! 부산미술협회 이사장도 여성이고, 대통령도 여성이다! 여성 한 사람이 사회의 최정상에 선다고 해서 여성 전체의 사회적 위상이 권위적인 남성중심의 사회를 압도한 것은 아니겠지만, 여성의 사회적인 위치를 상징적으로 보여주는 일임에는 틀림이 없어 보이는구나.

역사의 흐름은 거스를 수 있는 것이 아니므로 너도 혹여 남성우월적인 사고를 하고 있다면 이참에 교정을 하여라.

오늘은 해운대 우동성당에 나가 기도할 생각이다. 그리고 내일 성탄미사 시간에도 참석해야 한다. 그 성당에는 옛날에 부산에서 강론을 제일 잘하시던 노영찬 신부님이 계셨다. "인생은 하늘이 쓴 대본대로 살아가는 것입니다!" 라는 그분의 말씀이 지금도 귀에 선하다. 우동성당에는 아빠 좋아하는 초등학교 친구 음악가 김지세(성가대 지휘자)가 있고, 특히 내 인생의 대부이신 장혁표 총장님(前부산대 총장)께서도 나오신다.

작품전 때 격려사도 써 주고 참석해 주시는 고마운 분이다. 그래서 아빠가 앉아있는 모습의 장 총장님 초상화도 그려 드렸단다. 그리고 나에게는 사적으로 두 분의 형님이 계신다. 한강이남 최고의 역학자이신 김중산 선생과 교육부 1차관을 그만두고 지금은 동명대 총장을 맡고 계신 설동근 총장이시다.

진혁아, 인생을 살아가는 데는 어려운 일과 선택해야 할 일들에 대해 같이 머리 맞대 상담해 줄 수 있는 분들이 옆에 있는 것이 큰 위안이 된다.

나에게 그런 위안이 되는 분들이니 너도 잘 기억해서 그분들에게 우리가 위안이 될 수 있는 일이 있다면 반드시 찾아가 도움이 되도록 하여라. 이 편지가 너에게 도착 할 땐 새해, 계사년이 되겠구나. 새해 복 많이 받아라!

그리고 언제나 긍정적인 사람이 되어라.

2012년 12월 24일 아버지가

빛나는 일병 장진혁에게

일등병 진급을 진심으로 축하한다.

큰 옹기 그릇에 땀방울을 가득히 담아야 노란 작대기 하나 더 단다는 군대말이 있다.

오늘은 1월 3일, 최고의 맹추위다. 전국이 꽁꽁 얼어붙었구나. 이곳 부산도 추위에 야단들이다. 계사년 새해에는 진급과 함께 건강한 모습으로 군복무 멋지게 해야 한다.

어제 TV에서 KBS저녁 9시 뉴스 시간에 너희 전진부대가 나오더구나. 부대원들이 얼굴에 검은 칠의 위장을 하고 방한복을 입고 눈밭에서 경계 근무하는 모습과 훈련하는 모습이 방영되었다. 반가웠다.

종정이신 진제(眞際) 대선사님의 글, '처처작주(處處作主)' 를 너에게 보낸다. '가는 곳곳 주인이 되라' 는 의미인데, 늘 명심하여 가슴에 담고 어디서든 주인이 되도록 해라.

그리고 아버지와 부산에서 약속 한 것 잊지 말도록 해라.

답장하는 것! 자신의 마음을 글로 쓴다는 것은 매우 중요한 일이다. 미국의 「암웨이」를 세운 이도 지인들에게, 모르는 회사 대표들에게 솔직한 자기의 글을 편지로 보내 세계적 기업이 되었다고 하더구나.

편지는 상대방의 가슴을 열고 소중한 인연을 맺는 귀중한 수단이 되기도 한다. 너도 이제부터 어렵겠지만 글공부 한다고 생각하고 바로 아버지에게 편지 써 보아라.

처음이 어렵지 쓰다보면 재미가 붙는단다.

이제부터 졸병도 생기게 되었으니, 멋진 고참이 되어 모범을 보여주기 바란다.

너의 답장을 기다리며.

2013년 1월 3일 새해 아침 아버지가

아버지의 일생

오늘은 1월 6일(음력 11월 25일) 못난 애비의 생일이다.

아버지는 한국전쟁이 일어나던 해, 경인년(庚寅年, 1950년) 음력 11월 25일 밤 11시, 경남 진주 장재실 과수원 오두막에서 태어났단다. 양력으로는 혹독한 맹추위 속에 해를 넘긴 1951년 1월 2일 밤 11시가 된다.

한국전쟁이 일어난 후 계속 밀리던 한국군과 유엔군이 인천상륙작전을 계기로 서울 수복을 했고, 여세를 몰아 북진하여 압록강까지 진출했지만 중공군의 남하로 1.4 후퇴를 하기 직전이었지. 옛날에는 모두 음력으로 생일을 잡다보니 1950년(백호띠)에 태어난 사변둥이인 셈이다.

그러나 할아버지께서 호적에 올릴 때는 전쟁이 끝나고 3년 후, 1951년 11월 25일 생으로 한 살 낮추어 호적에 올렸다. 그래서 호적엔 토끼띠로 되어 있다.

6살 때까지 지금 미국에 있는 큰고모(누나)와 함께 진주 할머니

댁에 살다가 할머니께서 돌아가신 후 부산에서 경찰관으로 근무하시며 장남(큰아버지 장문조)과 함께 사시던 부모님께 와서 부산에서 살게 되었단다.

초등학교 친구들은 토끼띠인데, 중학교 때 재수를 하게 되어 중·고등학교 친구들은 모두 용띠들이란다. 당시 한국전쟁 전후에는 전쟁통이라 면사무소가 다 불타고 행정 공백 상태였다. 전쟁통에 낳은 애들은 너나없이 호적이 바로 된 친구들이 없다고 해도 과언이 아니다! 너희들 세대와는 달리 고등학교 친구들 중엔 나보다 나이 많은 친구들도 있었다.

아빠는 못 먹는 것이 없다. 그런데 딱 한 가지 안 먹는 게 있는데 바로 흑염소고기다. 아빠가 태어나던 그해 겨울은 매우 추웠는데 너희 할머니께서 젖이 안 나와 궁여지책으로 흑염소 젖을 먹여 나를 살렸다고 하더구나. 그러니 흑염소는 나의 유모가 되는 셈이지.

그때는 태어나 젖도 제대로 못 먹고 궁둥이 양 볼에 고름이 꽉 끼어서 꼭 죽을 아이 같았다고 한다. 그래서 조부께서 이름 자(字) 중에 '건강할 건'(健)자를 넣어라 해서 너희 할아버지께서 내 이름을 건조(健祚)라 지었다고 한다.

그 이름자 덕분인지 나는 이렇게 아주 건강하구나.

이렇게 시시콜콜한 이야기를 자세히 적어 보내는 것은 부모가 태어난 역사를 자식은 알고 있어야 하기 때문이다. 그렇게 너는 너의 자식에게 이어지고 후대로 계속 이어지며 한 집안의 역사가 만들어지는 것이다.

그저께 1월 4일은 네 엄마아빠의 결혼기념일이자 너의 큰누나 록희의 생일날이었다. 록희 생일파티도 겸해서, 어제 오후에 서면 롯데시네마에서 「라이프 오브 파이」 라는 영화를 식구들 다 모여 함께 관람했다. 컴퓨터 그래픽이 대단하더구나.

　오늘은 해운대에서 같이 미술 하던 친구 만나 점심 먹고 그동안 미루어 왔던 부산박물관에서 기획전시하는 「이스탄불의 황제들」 을 보았다. 지구 반대편, 저편에도 역사는 흐르고 있었다. 우리 역사보다 더 멋진 역사물이 펼쳐져 있있단다. 자기나라의 억사, 사기 것만 최고인 줄 아는 우물 안의 개구리 같은 생각은 버려야겠더구나.

　다음달 2월에 청희 누나가 거제성당에서 정식으로 영세를 받는다. 어릴 적 유아 때의 본명(클라라)으로 영세를 받는단다. 함께 축하해다오.　　다음에 또 소식 전하마.

2013년 1월 6일 아버지가

52

너의 든든한 얼굴을 그리며

2013. 1
차여 크고

　어제부터 전국적으로 날씨가 많이 풀렸다. 최전방에서 고생하고 있을 내 아들, 장진혁 일병! 이제 일병으로 진급 했는데 이등병 후임들은 몇이나 되느냐? 지뢰탐지병으로 최전선 철조망 공사에 동원되어 추운 날씨에 작업하느라 고생 많겠구나! 너의 어머니는 언제나 네 걱정이다. 옛날에 전방에서 지뢰폭발로 많은 병사들이 희생된 걸 들었기 때문이란다. 어머니에게 자주 안부 전하여라. 얼마 전 청희 누나가 이러더구나. "아빠는 한심하게 쏘다니지 말고 작품 열심히 하세요. 그래야 화가지! 세계적인 대가가 된다고 큰소리 쳐 놓고 작품이 어디 있어요?" 부끄럽지만 맞는 말이다. 이런저런 잡다한 활동을 줄이고 정진해야겠다는 각오를 다진다. 그래서 올해는 열심히 준비해서 여섯 번째 개인전을 열 계획이다. 5, 6월쯤 생각중인데 그냥 개인전이 아니라 「북한 어린이 돕기 운동」을 펼치는 작품전을 열 계획이다. 부끄러운 애비로 남지 않기 위해 노력하고 있으니 사랑스런 아들도 잘 지켜봐주기 바란다. 너의 든든한 얼굴을 그리며

2013년 1월 14일 새벽 아버지가

가슴 아팠던 어제

오늘은 날이 새도록 깊은 잠을 도저히 이루지 못하고 이렇게 펜을 들었다.

어제는 정말 가슴 아픈 날이었다.

매주 성당에서 1년 넘게 만난 고등학교 동기 친구가 있었다. 늦게 영세를 받고 해운대에 이사를 와 성당에서 만나게 되었는데 함께 식사도 하고 신앙에 대해 서로 대화하는 막역한 친구란다.

봄에 개인전을 열기로 마음먹고 준비에 여념이 없는 가운데, 작품전에 들어가는 예산문제로 그 친구에게 작품구매를 부탁했단다. 사무실에서 보자고해서 찾아갔더니 책상 앞에 한 시간이나 앉혀놓고 자기 일을 다 보고나서는 하는 말이 "너 알다시피 우리 집사람 성가대 합창단에 후원해 주랴 정신이 없다. 그리고 나는 투자를 목적으로 하는 사람이다. 너는 투자할 가치가 없는 작가 아니냐!"고 하더구나. 갑자기 피가 머리로 솟구치고 하늘이 노래지더구나. 말문이 막혀 치가 떨렸다.

나도 모르게 벌떡 일어나 철문을 박차고 아래층 계단을 내려오는데 가슴이 저려오고 끝내 비통의 눈물을 흘렸단다.

　사랑하는 내 아들 장진혁!

　어쩌면 그 친구가 고마운 사람일지도 모르겠다는 생각이 드는구나. 작품 활동에 매진할 동기를 주니 말이다. 이번 작품전을 멋지게 해서 부끄럽지 않은 화가가 되리라 다짐한다. 그런데 인간적으로 어제의 수모는 쉽게 잊힐 것 같지는 않구나. 군에서 고생 하고 있는 아들에게 이런 글 보내는 아빠를 이해해다오.

　교훈으로 알고 받아주길 바란다.

　좋은 꿈 꾸어라.

2013년 1월 16일 새벽에　아버지가

분노의 화를 삼키고

날씨가 많이 풀렸다. 부산은 포근한 날씨에 비까지 왔단다. 그곳 최전방은 영하 10℃인데도 봄 날씨라는 너의 전화를 받고는 살짝 놀랐단다.

장진혁 일병, 저번에 분노하는 애비의 편지 받고 놀라고 당황했을 것이다. 이 못난 아버지는 너에게 편지를 쓰면서, 내 인생을 쓰고 있는지도 모른다. 그날의 분노를 잊으려고 노력하고 있다. 크게 신경 쓰지는 말아라.

조용히 군무(軍務)에 열중하고 있는 병사에게 그런 '분노의 글'을 보낸다는 것이 어찌 바르다 하겠냐만, 너에게도 앞으로 생각지도 않은 일들이 갑자기 일어날 수도 있고 억울하고 가슴이 터질 것 같은 분노의 날도 있을 것이니 슬기롭게, 지혜롭게 이겨내기를 바라는 못난 아버지의 바람도 있다고 생각해라.

진혁아, 내무반 안에서도 인간갈등의 요소는 존재한단다. 그것도 역시 인생 공부다. 분노의 화를 삼키고 슬기롭게 이겨내는 연습이 필요하다.

곧 휴가를 나온다니 만나 보겠구나.

추운 날씨에 몸 건강하게 지내는 것이 최고다.

건강 하나만은 자신했는데, 동래 건강센터로 부터 위내시경 재검사 통보를 받았다. 예전에 술 많이 마시고 입원했던 그 후유증이 아직도 남아 있나보구나.

고지혈 검사(혈액검사)도 같이 한다고 하니 이제 나이를 실감한다.

고등학교 다닐 때 학교 마라톤 대표로 전국체전예선에 나가 18등을 한 적도 있었는데, 호기 부리던 그 때 그 모습이 멋쩍단다.

이번엔 많은 '격려의 글' 보낸다. 소중하게 잘 간직하기 바란다.

2013년 1월 22일 부산에서 아버지가

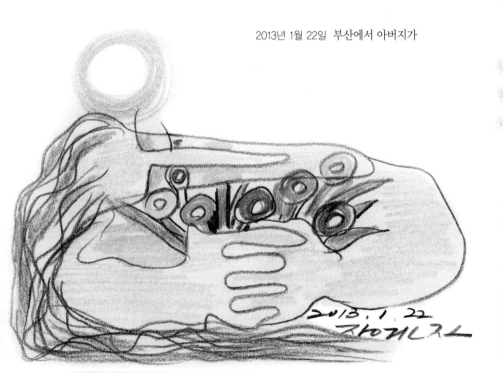

도전하는 자만이 세계를 품는 법

아직도 네가 있는 최전방은 눈 속의 매서운 겨울날씨가 계속 되고 있겠구나! 네 인생에서 최고의 추위와 맞붙어 있겠지만, 꼭 이겨 내어야만 한다. 내 가족, 내 형제들을 위하여 최전선을 지키며 국방의 의무를 다하는 용감한 병사는 날씨 앞에서 꿋꿋이 이겨 내야만 한다! 그저께, 엄마, 청희 누나와 함께 거제동 집 근처 식당에서 저녁식사하면서 엄마가 이야기했다. "여보! 진혁이가 최전방에 근무하는 것도 위험한데, 이번엔 또 지뢰탐지병으로 레바논 파병에 지원하겠다고 하는데, 그 위험한 외국의 전쟁터에 어떻게 보내겠어요? 레바논에 파병되면, 천만 원 이상 받을 수 있어 제대하고 복학하면 등록금 마련은 충분하다고 말하지만, 사람 목숨보다 귀한 게 어디 있겠어요? 저번 남수단 파병엔 지원하지 않았지만 이번에 그런 기회가 오면 꼭 레바논에 지원한다는데 당신이 적극 말려야 해요! 알겠죠?" 하니 옆에서 청희도 "모두들 위험하다면서 파병지원은 회피한대요." 라고 하더구나. 그때는 저녁식사 자리고 해서 "알아보겠다." 하고 말았단다.

저녁에 반송화실에 와서 조용히 생각해 보았다.

첫째, 무조건 위험하다고만 할 수는 없을 것이다. 과거의 월남 파병처럼 많은 병사들이 희생되던 60 · 70년대가 아니지 않느냐! 중동지역의 전쟁터는 위험하긴 한데 아빠가 알기로는 레바논은 현재 내전이 벌어져 싸우고 있는 나라가 아니다. 재건, 건설, 교육 등으로 유엔군의 일환으로 파병되는 것으로 알고 있다. 그렇게 위험하지는 않으니 네가 지원하는 것을 긍정적으로 생각한다. 미지의 세계에 도전해 보는 것도 좋다고 생각한다. 도전하는 자만이 세계를

품을 수 있는 법이니까.

두 번째, 지금 군대생활이 너에게는 너무도 긴 세월일 수 있겠지만 내가 볼 때는 21개월은 그리 긴 시간은 아니란다. 짧은 시간에 다양한 경험을 해볼 수 있는 기회라고도 생각되는구나. 6개월 정도의 파병이라면 한 번 도전해서 변화 있는 군 생활, 새로운 세계의 경험과 새로운 전우들과의 만남 등 긍정적인 요소들도 많이 있다고 본다. 그러나 신중히 생각해보고 결정해라. 조금이리도 후회할 요소가 있다면 실행하지 않는 것도 지혜란다.

진혁아, 현충일 기념 개인전을 광복동「부산은행 갤러리」혹은 센텀시티의「센텀갤러리」에서 5월 31일~ 6월 9일(10일 간)에 가질 예정이다. 그래서 전시회 준비 관계로 많이 바쁘단다. 이 편지도 내일 서울에서 부쳐야 한다. 추운 날씨, 동상은 언제나 조심해야 한다. 군에서 걸린 동상때문에 요즘도 고생하는 친구들도 있단다. 휴가 때 건강하게 만나자꾸나. 그럼 오늘은 이만 안녕 할게. 전진!

2013년 1월 27일 아침 아버지가

초병의 하루

최전방의 겨울은 길게만 느껴진다.

해뜰녘과 해질녘이 분명한 하루.

아름다운 이 산천도

언젠가는 포화 속에 파묻힐 하루가 될까?

그 하루를 위해, 한 병사의 날카로운 시선

철조망 사이의 산모퉁이를 찔러본다.

보고 싶은 부모형제, 얼굴들을 그려보며

사랑하는 숙이의 모습을 생각하며

오늘도 싱긋 미소 짓는 초병의 하루.

보초 서는 너를 생각하며 「초병의 하루」라는 시를 한번 써 보았다. 멋쩍기만 하구나. 사랑하는 숙이는 '조정숙' 네 엄마다.

장진혁 일병, 저번 아버지가 부대에 면회가 만나본 대대장님은 부대 지휘관으로서 부하장병들에게 인기가 엄청 많은 것 같더구나. 복도나 연병장에서 만난 병사들의 태도나 얼굴에서 대대장님을 좋아하고 존경하는 모습들을 엿볼 수 있었다. 부하들을 위해 식당의 벽화 문제로 의논하는 지세에서 진정성이 담긴 사랑이 느껴졌다.

무슨 인연인지 내가 너희 부대 식당 벽화제작에 관여하게 되었다. 이번에 휴가 오면 자세히 이야기 하자꾸나. 그리고 그림 그리는 동료 병사가 그린 스케치(초안) 2~3장 가지고 내려오너라.

춘삼월, 초봄이 되면 산뜻한 식당벽화가 완성되어 전 부대원들이 즐겁게 식사하는 장면을 상상해 보거라.

오늘 록희 누나, 엄마와 해운대 스펀지 메가박스에서 「베를린」 영화를 보았다. 두 여인이 약속보다 늦게 와서 어두운 복도를 고양이처럼 수그려서 걸어가 겨우 자리에 앉았었다.

너도 언젠가는 장가가겠지만 아내와의 약속은 안달내지 말고, 넉넉하게 기다려야 할게다. 여자들은 대부분 남자보다는 늦게 온다는 사실, 명심해라. 같이 행동할 땐 묵묵히 따라 다닌다는 개념으로 만나면 속이 편하다.

「베를린」은 첩보영화던데 재미있게 보았다.

이제 우리나라 영화수준도 세계 수준급이다. 탄탄한 구성과 박진감 넘치는 촬영, 할리우드 영화들에 결코 뒤지지 않는구나.

진혁이 너도 어린 시절 영화감독이 되겠다고 해서 영화 포스터 엄청 모아두었던 것을 기억하는지 모르겠구나.

　하기야 애비도 중학교 때 외우는 영어 단어 수보다 외우는 영화 배우 이름이 더 많았으니, 영화에 대해서만큼은 부전자전이 맞는 말인 듯하다.

　진혁아, 건강한 모습으로 첫 휴가 때 부산에서 보자꾸나.

　이 아버지 발 씻어 주는 것 잊지 마라. 카메라 준비해 두었다.

　엄마와 저녁 먹으면서 네가 첫 휴가 나오면 '가족사진' 찍자고 약속했다.

　이만 안녕.

2013년 2월 3일 저녁　아버지가

2013 . 2. 3

아들아　63

감동스런 아들의 편지

어제 저녁 일을 마치고 아파트 입구 편지함에 꽂힌 네 편지를 보고 뛸 듯이 기뻤다. 부리나케 들어와서 조심스레 봉투를 뜯고 네 편지를 읽어 보았다.

친구에게 글 쓰듯이 편안하게 잘 썼구나.

한 장 안에 다 쓸려고 띄어쓰기도 대충대충 했지만 그것도 멋있구나. 아빠라고 부르는 호칭이 나이 들어 듣기엔 약간 머쓱했지만 기분은 너무 좋았단다. 네 또래는 편지에 익숙하지 않겠지만 처음이 중요하다. 한번 하기가 어렵지만 막상 새로 시작하면 순조롭게 풀린단다. 머리 큰 군인아저씨에게서 받는 편지가 이리 감사할 줄이야! 흐뭇한 마음으로 이 밤을 마감한다. 사랑한다. 아들!

2013년 2월 6일 새벽 아버지가

애인 없다고 실망하지 마라

북한이 결국 핵실험 카
드를 내들었다.

아마 2 · 3차 핵실험을
준비해 두고 엄포를 놓
으며 핵실험을 할 것이
다. 전군엔 비상이 걸
렸겠구나. 이 추위에
비상대기에 돌입해
있을 최전방 1사단의
아들을 생각하니 마음이
짠하다.

며칠 동안의 바쁜 일정
으로 피로했던지 어제부
터 코감기에 목도

걸걸해지고 재채기가 나와 병원에 가 볼 참이다. 몇 년간 감기 한 번 없었는데 면회다 명절이다 미술협회 일이다 바쁘게 추위 속에 다니다 보니 몸이 피로해 감기가 온 것 같구나.

어제 오후에는 해운정사에 계신 진제 큰스님께 새해인사를 드렸더니 세뱃돈 5,000원을 주셨다. 금액을 떠나서 이 돈이 복을 부르는 돈이었으면 좋겠구나.

장진혁, 설날 분당에서 아침 일찍 설 차례를 올리고 바로 부산으로 내려와 록희, 청희 누나의 세배를 받았다. 이런 명절 때 다 함께 모여 세배하고 준비한 음식 맛있게 먹고 덕담을 나누는 그 정겨움이 사는 맛이란다. 특히 네 이야기하며 많이 웃었다. 고속버스에서 만난 정서영이란 여학생 이야기도 하며 웃었단다. 네 말대로 그 여학생이 너에게 편지 하지 않을 것 같다. 애인 없다고 실망하지 마라.

너에게 사랑스런 예쁜 애인이 생기면 이 애비도 얼마나 좋겠느냐만, 남은 군대생활 차라리 애인 없이 지내는 것이 마음고생 덜하고 좋을지도 모른다.

편안하게 생각해라. 초비상의 전선이지만 마음만은 여유를 가지도록 해라. 너를 사랑하는 식구를 늘 생각하고.

이만 줄인다. 전진!

2013년 2월 13일 아버지 大海 장건조

부자(父子)의 고향, 정이 가득한 진주에서

　지금은 아침 8시 55분이다. 진주 가는 버스를 타자마자 너에게서 전화가 왔더구나. 반가웠다. 너무 바빠 두 번이나 전화를 받지 못해서 미안했다. 오늘은 아버지 고향, 정이 가득한 진주에 간다.

　진주행 버스를 타고 사상역을 빠져 나가는 이 순간이 너무도 기분이 좋다. 고향 가는 길은 어린애 마냥 즐거운 여행길이다. 이번 진주여행길은 너에게는 형님이 되고 아버지에겐 촌수로 조카뻘이 되는 장근도(산청군청 국장, 58세)의 딸 결혼식에 참석차 가게 된 것이다. 아버지 고향, 내 고향 진주는 정말 아름다운 도시란다. 진주 남강이 유유히 흐르고 촉석루 아래의 하얀 모래섬들과 돌아가신 나의 할머니 얼굴과 눈물 많으신 작은 고모님 얼굴이 떠오르는 내 고향 진주. 어릴 땐 삼등열차를 타고 형님과 같이 서로 기차역 마다 이름들을 외우며 즐거워했었지. 차창 밖에 펼쳐진 아름다운 풍경에 넋을 잃고 바라보던 어린 시절의 회상이 고향 가는 맛인데, 그 맛은 오늘도 유효하구나.

2013. 2.

사랑하는 아들아! 너는 태어난 고향이 부산 대도시라 그런 시골의 정감은 없겠지만 그래도 눈 덮인 최전방의 산하를 바라보며 네 고향 부산의 출렁이는 앞바다가 그립지는 않니? 이 아버지는 쏜살 같은 초고속의 KTX기차보다는 차창 밖의 풍경을 감상하며 갈 수 있는 버스여행이 더 정겹다. 하물며 고향 가는 이 맛이야 말이 필요 있겠느냐. 촉석루 위에 올라가 고향 정경도 두루 살펴볼 요량으로 예식시간보다 이른 시간에 맞춰 버스를 탔단다. 아버지의 고향 진주는 너의 고향이기도 하다. 그리고 할아버지 고향은 의령군 대의면 쑥골(웅곡)이니 잊지 말도록 해라!

네가 태어난 곳은 비록 부산이지만 어른들이 물으시면 진주라 해도 상관이 없다. 아버지 고향이며 할아버지, 할머니 산소가 진주 장재실에 있으니 너의 고향이라 해도 무리가 아니다.

네가 제대하고 난 뒤에는 진주 산소, 의령 산소에 벌초하러 꼭 같이 갈 것이다. 그 동안 아버지로써 아들인 너를 데리고 조상님 산소에 매번 인사 올리지 못함을 너무도 죄송하게 생각하고 있단다.

장진혁 일병, 어려운 비상사태 아래에서도 정신 단단히 차리고 몸 건강히 임무수행에 열중하기 바란다. 입춘이 지났지만 아직도 매서운 추위가 기승을 부린다. 몸 건강해라!

2013년 2월 17일   고향 가는 버스 안에서 아버지가

사나이는 자존심이 있어야 해

새벽 5시, 불교TV를 켜놓고 새벽예불을 보고 나면 6시에 108배를 한단다. 삶에 관한 참회, 감사의 말씀을 들으며 108배를 하면 정신도 맑아지고 건강에도 좋은 것 같구나.

어제는 오랜만에 미사에 참석 했단다. 그런데 저번 아버지가 이야기한 친구가 내 앞으로 오며 사과를 했지만 별 대꾸 않고 그냥 묵묵히 성당을 나왔다. 정월대보름날이라 바로 해운정사로 와 버렸다. 지난주에도 그 친구가 아버지에게 전화 한 번 했었는데, 진심이 담기지 않은 형식적인 사과를 묵묵히 듣고만 있었다.

속이 좁다고 남들은 말할지 몰라도 돈이 많다고 함부로 사람을 대하는 친구와는 두 번 다시 이야기하고 싶지 않아서였다.

아들아! 사나이는 자존심이 있어야 한다. 그 친구의 잘못을 인정하며 슬그머니 손을 내미는 행위는 작품을 팔고자 하는 얄팍한 행동이므로 나로서는 용납할 수 없는 일이었다. 이 아버지를 속 좁은 사람으로 보지 않았으면 한다.

예술가는 자존심이라는 생명력을 가슴에 품고 살아가는 사람들
이다. 자존심을 지킨다고 피카소나 로댕 같은 대가가 될 수는 없겠
지만, 그런 대가가 되지 못한다 하더라도 예술인은 자기고집만은
지켜야한다고 본다.

아들아!

새봄의 기운이 돋는 해빙기에 몸 건강하게 군 생활 잘 하여라.

휴가 때 보겠구나.

2013년 2월 25일 새벽녘에 아버지가

산소에 다녀오다

이제 봄기운이 완연하게 대지를 덮고 있다. 그러나 네가 있는 곳은 영하의 날씨가 계속 되고 있겠구나. 환절기 때 감기 조심해라!

인생은 언제나 방심할 때 그 실패의 그림자가 드리워진단다.

또다시 휴가가 밀렸다고 들었다. 신문지상에 보니 한미연합훈련이 시작되니 북한도 북쪽에서 도발 운운하며 훈련에 돌입했다더구나. 군대는 언제나 계획대로 되지 않고, 특별한 사건사고가 있다면 늘 비상이 걸린다. 마음 편히 먹고 일상에 충실하여라.

그리고 네 부대 벽화 문제는 어떻게 되는 건지 궁금하구나.

휴가 올 때 예대 출신 부대원이 그린 벽화 초안을 가져와 보거라!

아들아! 어제 화창한 일요일이었다.

아버지 제자였던 최환규도 이제 중년이 되었는데, 한동안 소식이 없더니 갑자기 찾아와서 만나게 되었다. 암으로 수술을 네 번이나 받고 겨우 연명하고 있다고, 폐가 될까 싶어 계속 연락을 하지 않았다고 하는구나.

이제 겨우 건강을 되찾았다며 잃어버린 인생에 대해 서로 많은 이야기를 나누었다. 그리고는 최환규의 차로 엄마, 록희와 동행해서 의령에 있는 할아버지, 할머니 산소에 인사를 올리러 갔다. 연화부수형(蓮花浮水形)의 봉긋한 산 언덕위에 마련된 동산공원 묘지의 할아버지, 할머니 산소를 보고 모두들 밝고 깨끗하다고 좋아하는구나. 식구들의 건강과 청희 누나의 시험 합격을 절실히 기원드렸다.

너희 고모가 많은 신경을 써서 여기에 터를 잡았으니 감사하는 맘을 늘 가지거라. 제대하고 난 뒤에는 꼭 이 산소에 와서 절을 올려야 한다.

산소에 들렸다가 진주로 가서 진주시내에서 비빔밥을 먹고, 촉석루에 가서 의암바위도 구경하고 사진도 찍으면서 봄바람 쐬었단다. 최환규 삼촌이 우리 식구에게 오늘 하루 멋진 봉사를 한 셈이다. 오랜만에 차 속에서 환규 삼촌, 엄마와 지나간 10년 동안의 이야기 많이 나누었다. 환규 삼촌은 옛날 연산동 아빠 집에서 화실을 할 때 강사로 학생들을 지도했기 때문에 너도 보면 기억이 날 것이다. 사랑하는 내 아들아! 한미연합훈련이 벌어지면 전방은 더욱 분주해 진다. 열심히 훈련에 임하고 아직도 꽃샘추위가 기승을 부리고 있으니 감기 조심하고 몸 건강하길 바란다. 이만 안녕.

2013년 3월 4일 월요일 아침 아버지가

뉴스 시간만 되면 신경이 쓰여

'키 리졸브 훈련'이 오늘부터 시작 되었다. 한미연합 군사훈련이 시작되면 가만두지 않겠다고 북한은 계속 으름장을 놓고 있단다.

군에 자식을 보낸 부모들은 뉴스 시간만 되면 신경이 쓰인단다.

너는 군인이다. 정신 바짝 차리고, 용감한 마음가짐으로 나라를 지켜내야 할 의무가 있다. 움츠리지 말고 당당하게 임무에 충실하기 바란다. 네 휴가가 다시 뒤로 밀렸다는 얘기를 들었다. 이 어려운 시기에 어디 군대에 여유가 있겠느냐!

요즘 여러 단체에서 특강 청탁이 많이 들어오는구나. 14일(목)에는 부산일보에서 운영하는 '부일여성대학'에서 「현대 미술의 이해」라는 과목으로 강의를 해야 한다.

부산일보 이명관 사장님의 추천으로 강의를 하게 되었는데 좋은 강의로 보답해야 할 텐데... 시절이 만만치 않겠지만 당황하지 말고 침착하게 행동하도록 해라.

2013년 3월 11일 아버지가

2013. 3

북한의 사이버 테러

2013. 3

첫 휴가를 마치고 부대에 잘 귀대 했느냐?

4박 5일의 휴가가 참 짧구나. 이 아버지와 하룻밤도 함께 지내지 못하고 떠나보내니 마음이 아프다. 다음 휴가 땐 꼭 이 아버지와 함께 하룻밤을 보내자꾸나. 그래도 엄마 품에서 휴가를 즐겁게 보내고 떠나니 그나마 다행이다.

장진혁 일병, 네가 귀대하던 그날 국가기간망이 북한에 의해 사이버 테러를 당했다. 동시다발적으로 방송사, 은행 등이 공격을 당했단다. 귀대한 뒤에도 마음 편할 날이 없겠구나.

용감하게 생활하고 강한 용기를 가지길 바란다.

최전방의 용사들이여, 용기 하나로 이 어려운 시기를 이겨내기 바란다! 짧은 휴가였지만, 모든 걸 잊고 최전선의 훈련에 열심히 임해 주길 바라며 이 아버지 너의 건강을 기원하며 이만 펜을 놓는다.

전진!

2013년 3월 21일 아버지가

독서를 통해 마음그릇을 키우길

어제(토요일)는 오랜만에 기장 차성아트홀에서 연극을 보았다.

어린이 연극이었으나 너무도 재미있었고 영화감상과는 또 다른 감동을 맛보았다. 밀양어린이 연극단 반달의 정기공연 「이상한 나라 사이버 나라」라는 가족 뮤지컬 연극이었다. 연극인 이윤택 선생 덕분에 차성아트홀 「신바람회원」으로 등록해서 1년 동안 차성아트홀에서 하는 연극을 예매해서 볼 수 있게 되었단다.

반송에서 기장으로 넘어가는 버스를 타고 20분이면 차성아트홀에 도착하니 거리도 멀지 않아 좋은 것 같구나.

아무리 어려운 비상사태라 해도 휴식시간은 있을 것이다. 짧은 휴식시간이라도 짬이 나면 독서를 해라. 독서는 마음에 여유를 주고 마음그릇이 커지는 지름길이다.

아들아! 요즘 같으면 꼭 국지전이라도 일어날 것 같은 분위기다. 남북의 대치를 실감하게 하는구나. 정신 바짝 차리고 훈련에 임하여라. 그래도 군인들이 최전방을 지켜 줘야 우리들이 그나마 안정

된 생활을 할 수 있지 않겠느냐. 너무 시간에 쫓기지 말고 여유를
가지길 바란다. 그럼 또 편지 보내마.

2013년 3월 24일 아침 아버지가

야구와 비슷한 우리네 인생

이제 북한은 전시 상황에 돌입 했다고 한다. 최전방 너희부대도 비상상태로 경계 태세에 여념이 없겠구나!

이곳 부산은 벚꽃이 만개하였다. 내가 있는 반송에는 창문을 열면 아래 길목에 하얀 벚꽃이 만발하여 장관을 이루고 있다. 지난해보다 벚꽃이 일찍 피었단다.

어제부터 프로야구가 개막되어 야구도시 부산의 롯데 자이언트 팬들이 들썩이고 있구나. 어제 첫 경기에서 한화를 상대로 역전승을 거두었다. 오늘 경기도 TV로 재미있게 보았다.

야구 경기가 재미있는 것은 누구도 알 수 없는 승부 때문일 게다.

겨우 내내 몸을 만들었던 선수들도 막상 시합이 시작되면 생각지도 못한 상황이 일어나기도 하고 그 와중에 9회 말 역전승이 나오기도 하지. 때로는 전문가들의 예상과는 전혀 다른 방향으로 결론이 나기도 하는 야구, 그래서 야구는 인생과 비슷한 측면도 많은 것 같구나. 누구나 9회 말 끝내기 홈런을 기대하지만 그게 뜻대로 잘

안 되는 것도 그렇고 말이다.

　진혁아, 전투태세에 너무 긴장하지 말고 몸 건강히 잘 지내기 바란다. 이 아버지도 건강증진센터에 나가 열심히 체력 단련 해야겠다.

　오늘은 이만 안녕!

　전진!

2013년 3월 31일 아버지가

춘래불사춘(春來不似春)

언제까지 한 민족이 이렇게 계속 대치해야만 할런지 참으로 안타
까운 날들의 연속이구나. 밤낮 고생하고 있을 네 생각에 마음이 어
둡다. 4월 5일(금요일)부터 토·일요일까지 「연제 온천천축제」가

시작되었다. 작년엔 벚꽃이 피기도 전에 시작하더니 올해는 벚꽃이 일찍 피어 벚꽃이 지려하는데 축제를 하는구나.

남북 간에 긴장이 고조되는 상황에서 자식을 군대에 보낸 부모로서 축제가 무엇이 그리 반갑겠느냐? '춘래불사춘(春來不似春)'이 이를 두고 하는 말인가 보다.

이번엔 「모정(母情)」이라는 제목으로 너에게 그려 보내는 모자상(母子像) 작품을 출품했는데, 날씨도 내 맘을 아는지 오늘 토요일(6일) 새벽부터 전국적으로 강풍을 동반한 비가 내려 작품을 철수했단다. 온천천은 온통 벚꽃들이 떨어져 흰 눈밭 속에 비가 내리는 것 같은 장면을 연출했다.

내일 거제성당에서 청희 누나가 첫 영성체를 하는 날이라 축하차 거제성당에 가봐야 한다.

장진혁 일병, 아직도 북한은 개성공단을 폐쇄할 것 같이 하며 우리에게 으름장을 놓고 있는 상태라지만 우리 국방장관은 단호하게 대처하고 있다. 우리나라보다 외국에서 전쟁이 난다고 더 불안해하는 모양이다. 개성공단 바로 코앞이 네가 근무하는 파주의 1사단인데, 초비상상태라 군화 끈도 풀지 못하고 근무하고 있겠구나.

아무쪼록 맘 크게 먹고 맡은 바 소임을 다하도록 해라.

군인으로서 훈련에 충실하고 건강하고...

내일 비가 안 오면 「연제 온천천 축제」 행사에 하루를 보내야 한다.

오늘은 이 빗속에서 펜을 놓는다.

2013년 4월 6일 토요일 오후 아버지가

어려운 시기에 전우애 발휘하길

아들아!

북한은 아직도 미사일 발사 운운하며 세계를 향해 엄포를 놓고 있는 상태다.

외국에서는 우리나라를 곧 전쟁이 일어날 위험지역으로 보고 있지만, 막상 우리는 보통의 일상생활을 영위하고 있단다. 다 우리 국군의 억지력 덕분 아니겠느냐. 이런 어려운 시기에 군 생활 하는 진혁이도 좋은 경험하고 있다고 생각하고 몸 건강히 지내거라!

며칠 전 엄마에게서 전화가 왔더구나. 저번 주에는 너에게서 전화 연락이 없어 걱정이 된다며 북한이 전쟁을 일으키지나 않을까, 왜 우리 아들이 군에 가 있을 때 이런 위험한 비상사태가 일어나는지, 엄마가 네 걱정으로 안색이 좋지 않구나.

시간을 내서 엄마에게 안부전화 꼭 하여라.

오늘은 차성 아트홀에서 연극 「홀연했던 사나이」를 보았단다. 영화와는 확연히 다른 감동(感動)을 받는다.

꿈을 쫓는 인간들의 환상을 그린 코믹하면서도 의미를 던져주는 연극이었다.

연극이 시작되기 전 홀 입구에서 기장군수가 직접 나와 군민들에게 일일이 인사를 나누는 모습에 참 부지런한 군수구나 하는 생각이 들었다. 기장군청을 가려면 기장천변 옆으로 난 시골 풍경 속으로 가야하는 데 풍경이 아름다워서 연극도 볼 겸 물가의 정경도 감상할 겸하여 한 달에 한번은 꼭 가야겠구나.

어려운 시기에 전우애 발휘하여 웃음 잃지 않는 멋진 장진혁 일병이 되길 바라며….

전진!

2013년 4월 13일 오후 아버지가

언제나 건강을 생각해라!

보스턴 마라톤 대회장에서 폭탄테러가 일어나고 텍사스 비료공
장에서 폭발사고가 일어나 전 세계가 테러의 공포 속에 일주일을
보내고 있다. 아직도 변함없이 최전방의 긴장상태는 계속 되고 있
겠구나.

얼마 전 "효"문화지원본부의 「10기 "효"사관학교 입교식」에
자문위원으로 초대 받아 참석했었다. 바로 옆자리에 부산시청의 노
인복지 담당서기관이 나와서 인사말을 하면서 "부산의 100세 이
상의 고령 노인이 몇 명이겠습니까?" 하여 모두들 서로 얼굴을 마
주보며 "100명!", "198명!" 하며 고개를 갸웃거렸더니, 1,670명이
라는 놀라운 이야기를 해 주었다!

350만 부산 시민 중에 100세 이상의 노인이 1,670명이라는 어마
어마한 숫자에 입이 다물어 지지 않았다. 이 아버지도 가끔 강의시
간에 우스갯소리로 건강을 이야기하며 "여러분! 이제 '구구 팔
팔' 하던 시대는 옛 시대의 구호가 되어 버렸습니다! 이제는 '백구

펄펄' 시대가 되었습니다, 백구 세까지 펄펄하게 사는 시대가 왔다는 말입니다!" 했던 내 이야기가 거짓말이 아니었다.

아들아! 그냥 오래 살아 있는 것이 아니라, 건강하게 오래 살아 있는 것을 말한다. 언제나 건강을 생각해라!

군대에서도 잘 먹고, 운동 열심히 하여 체력을 보강해야 건강을 지킬 수 있고, 나라도 지킬 수 있는 것이다! 마음도 여유를 가지며 스트레스 받지 않는 느긋한 성격을 가져야 건강해진단다. 여름을 바라보면서도 쌀쌀한 바람이 부는 변덕스런 날씨가 이어지는구나. 전방엔 눈도 내렸다는 이야기도 들린다.

봄 추위에 몸 건강하길 바라며…. 오늘은 이만 안녕.

2013년 4월 19일 금요일 아버지가

술버릇은 평생을 간다

아들아! 남북대치 상황이 계속되는 가운데 개성공단에 남아 있던 175명의 근로자들이 모두 돌아오고 있는 중이다.

개성공단의 폐쇄문제에 대해 남북이 입씨름을 오랫동안 하게 생겼구나. 개성공단의 바로 문 앞을 지키고 있는 너희 부대는 오랫동안 경계근무에 돌입하게 될 것이다. 군대란, 다 그런 것아니겠느냐. 긴장 속에 보내는 세월을 건강하게 지내야 한다.

지난 금요일(26일) 오후 5시, 부산미술협회 이사회 겸 단합대회가 동래산성 내 부산학생교육원에서 1박2일로 열렸다. 각 분과 회장들 중에 제자들이 많이 섞여있어서 '나도 이제 늙어서 어느새 원로화가가 되었구나.' 라는 생각이 들어 참 서글프더구나.

세월은 정말 빠르단다. 회의를 진행하는 동안 난 가만히 있었다. 그리고 저녁식사와 함께 술 파티가 벌어졌는데 술을 안 마시는 나는 그냥 건배제의만 했다. 예술가들의 술자리, 오랜만에 실컷 구경 잘 했구나.

밤늦게 숙소로 자리를 옮겨서도 새벽까지 술자리는 계속되고 고놈의 예술세계가 어떠니, 부산미술대전에 심사에 문제가 있느니 없느니, 끝없는 술자리 잡담에 흥미를 잃어 옆방에 이불을 펴고 잠을 청했다. 새벽까지 옆방에서 계속되는 술판 때문에 잠을 뒤척이며 '나도 옛날이었으면 엄청나게 술 마시고 저렇게 떠들었을 텐데' 하고 생각하니 입가에 웃음이 나오더구나.

장 진혁 일병,

군에서도 술 마실 기회가 있을게다. 술 잘 배워야 한다. 술버릇은 평생을 간다. 자기 주량에 알맞게 마실 수 있는 절제가 가장 큰 미덕이란다.

또다시 남북대치상태가 계속되어 군 생활이 어렵겠구나!

휴가 때 부산에서 보자.

2013년 4월 28일 아버지가

P.S. 청희가 첫 영성체 소감문을 써서 일요일 미사 시간에 거제성당에서 많은 교우들 앞에서 낭독하여 호평을 받았단다!

네 누나 세례교육소감문 보낸다.

세례 교육 소감문

장 청 희 (클라라)

지하 교리실로 향했다. 육중한 문이 열리고 교리반 사람들이 모여 있다. 우연히 지하 카타콤이 생각났다. 초기 크리스트교인들도 우리와 같았을까. 그들이 로마의 박해를 피해 생존의 위협 속에 지하 카타콤에서 교리를 공부했다면, 21세기의 나는 대추차 대접을 받으며 따뜻한 온풍기 바람이 솔솔 불어오는 곳에서 나눠준 교리책과 성경으로 교리공부를 한다. 그들과 우리는 너무나 다르지만, 그들이 믿는 하느님이 우리의 하느님이다. 이렇듯 역사와 전통을 자랑하는 가톨릭에 입문하게 된 것이다.

거제동 성당의 세례 교육은 준비된 세례 교육으로 그 체계성을 자랑했다. 독일 유학파 요아킴 신부님을 필두로 봉사자분들까지 하나같이 똑똑함으로 무장하신 듯 했다. 신부님께서는 라틴어, 하브리어까지 써가며 우리를 가르치셨는데, 신학 교리의 탄탄함을 느낄 수 있을뿐더러 특유의 위트와 농담으로 수업은 흥미로웠다. 봉사자분들은 '아 이건 어떻게 하는 거지?' 라고 생각만 하면 무슨 독심술사 같이 생각을 읽어 묻기도 전에 대답해주셨다. 아마 앞선 세례자분들도 나와 같은 물음을 했을 터이지만, 그저 이 교리 교육의 시스템이 참 놀라울 따름이다. 거기다 성실한 교리반 동기 덕분에 출석률도 좋아 분위기의 흐트러짐 없이 순탄하게 교리교육이 진행되었다. 배워야할 내용과 외워야할 기도문이 많이 힘들었지만, 매주 재미있는 화요일 저녁이었다.

요아킴 신부님의 수업 중 '인간은 산을 오르는 존재'라고 한 내용이 있다. 인간은 기도하는 자, 구도자로서 돌고 돌면서 산을 올라 산 정상의 하느님을 만난다고 한다. 하느님은 원래 계시는 분인 원동자로서 우리를 정상에서 내려다보며 기다리신다는 것이다. 신부님께서 산과 산을 돌고 도는 인간을 그림으로 그리셨는데, 왜인지 인간의 생 전체를 보여주는 듯해서 인상 깊었다. 나도 산을 돌고 돌아 정상으로 향할 수 있을까?

나는 부모님께서 가톨릭 신자라 복잡한 세례 교육 없이 유아 세례를 받았고, '클라라'라는 이름을 얻었다. 이름 속 클라라는 대단한 사람이다. 프란체스코 성인의 첫 여제자로 '클라라관상수녀회'를 만드셨으며, 교행과 청빈의 상징인 성녀이다. 이런 이름처럼 '확실하고 명확한' 사람을 닮을 수 있을까하는 의문이 앞선다. 하지만, 첫 영성체를 통해 나는 그 동안 잠들어 있던 '클라라'라는 이름을 깨우려 한다. 이름값을 하는 사람이 되고자한다. 꼭 그렇게 되길 기도한다. 뜻 깊은 세례 교육이었다.

〈끝〉

오늘은 5월 8일 어버이날

3박 4일의 휴가 잘 마치고 귀대 했니?

오늘은 5월 8일 어버이날이다.

아침부터 아파트 앞 복지관에서 어버이날 행사에 재미있는 놀이와 점심도 준비됐으니 참석하라고 스피커로 방송을 한다. 저번에도 가 보았지만 70·80대 할머니들이 대부분이고 자장면 한 그릇에 구경거리도 없어 올라와 버렸다.

어중간한 60대, 경로당에 갈 수 있는 나이도 아니다, 아버지 주위엔 모두 직장에서 은퇴한 친구들이 많다. 우리사회가 고령화시대로 접어들었다는데, 정말 실감난다.

진혁아!

어버이날이 되니 돌아가신 할아버지 할머니 생각이 나는구나. 효도 한번 제대로 못한 불효자로써 늘 반성하고 기도하며 지낸다.

지금의 군 생활이 어렵겠지만, 젊음의 기상으로 이겨내기 바란다. 앞으로 2~3년 후엔 언제 내가 군대생활 했던가 하는 생각이 들 때가 올 것이다.

그 만큼 세월은 빨리 지나간단다. 일 년 남은 군 생활, 느긋한 맘으로 잘하기 바란다. 모든 생활이 인간관계에서 시작되므로 내가 먼저 한번 양보해주고 다가서면 전우들과의 좋은 사이가 유지될 것이다. 멋진 군대생활은 훈훈한 전우애 속에서 피어나는 법이니, 어렵더라도 정을 나눌 수 있는 전우들을 만들어라.

오늘은 5월 8일 어버이날이므로 이 애비를 생각하는 시간도 가져 보고, 건강하게 하루를 보내기 바란다.

이만 안녕.

2013년 5월 8일 아버지가

중고참의 역할이란

이제는 봄 날씨가 아니라 한여름 날씨가 되었다.

봄과 가을은 잠깐 왔다가 가버리고, 겨울과 여름밖에 없는 게 요즘의 계절인 것 같구나. 거기는 덥지 않니?

얼마 전 박근혜 대통령 미국 방문 후부터 연일 '윤창중 대변인 문제'로 야단들이다. 군대에 있는 너희들도 알고 있을 거다.

성추행 문제로 전 세계에 나라망신이구나.

이번 문제의 핵심도 공직자의 기강이 문제이지만 직접적인 문제는 '술'이 발단이 되었단다. 자제하지 않는 술은 생각지도 못하는 일을 만들어 버린단다.

너도 잘 명심하여라.

날씨가 낮에는 여름철 온도까지 올라가니 더위에 고생이 많겠다. 최전방에는 아침저녁의 온도차가 격심하니 감기 조심하여라.

그리고 그 사이 새로운 신병들이 들어 왔겠구나, 얼마 후면 중고

참(상병)이 될 것이다. 중고참은 위와 아래를 잘 살펴 내무반의 분위기를 잡아가는 중요한 역할을 해야 한다. 고참에게는 믿음직한 후배가 되어야 하고 후임에겐 다정다감한 선배가 되어야 하니 섬세한 감각이 필요할 것이다.

　잘하리라 믿는다.

　아들아!

　최전선에서 어렵겠지만 잘 이겨내기 바란다.

　몸 건강하길 바라며….

2013년 5월 15일 아버지가

아들아, 족구 한 번 어떠냐!

어제(일요일)는 아침부터 봄비가 을씨년스럽게 내리는 가운데 '동아고 총동창회 체육대회'가 사직운동장에서 열렸단다. 비가 내리는 날씨인데도 많은 동기들이 모였더구나. 오랜만에 체육대회에 와보면 재미난 장면들도 많이 본단다. 그리고 선·후배 인사도 나누고 환갑 나이를 지난 우리들도 늙은이 축에 들지만 아직도 생생하게 술자리를 마련해 즐겁게 노는 선배들의 모습이 그저 놀라울 따름이다. 나도 족구 팀에 들어 오랜만에 후배 팀과 족구시합을 했다. 비록 졌지만 함께 땀 흘리며 뛰어다닌 이 시간이 너무 좋았다.

오늘도 북한은 유도탄을 발사하여 한반도의 긴장을 초래하고 있다. TV 방송 화면에서 북한에 관한 속보만 나오면 네 걱정이 앞서는구나. 어렵더라도 이겨내어야 한다. 건강 조심하고 더욱 힘을 내거라. 제대하면 친한 벗들 가족과 함께 족구 한번 어떠냐!

2013년 5월 20일 아버지가

옛 파월 장병들이 생각나는 날

TV에서 월남(베트남) 파병에 관한 프로가 방영되어, 옛 파월장병들의 모습이 담긴 장면들을 보여주었다. 전투장면도 보여주고 파월될 때 부산항에서 군함을 타고 떠나는 장면을 보여 주는데, 내가 중학교 2학년 때쯤이었다. 그때 부산항에 우리 중학교 학생 모두 단체로 나가서 월남(베트남)으로 떠나는 국군 장병들을 향해 태극기를 흔들며 애국가를 불렀던 기억들이 새록새록 난다.

그때 그 장병들은 죽음을 각오하고 떠나는 비장한 군인들이었다. 부두 중앙에는 장병들의 가족들이 나와 손을 흔드는데, 눈물을 흘리는 어머니들의 모습이 지금도 눈에 선하다.

그 파월장병들이 돌아올 때는 대규모 환송대회가 있었다. 그때는 고등학교 때였지. 그래서인지 부산항 하면 군인들이 가장 먼저 떠오른다.

나도 군인이 되어 월남에 꼭 가려고 했는데 아빠가 군에 갈 때는 1973년도, 그러니까 한해 전 1972년도에 월남이 월맹군(공산군)에

98

함락되어 공산국가 베트남이 되는 바람에 월남 파병이 끝나버려 가지 못했던 기억이 있다. 1965년 중학교 2학년부터 1972년 대학교 2학년 동안의 7년간에 걸쳐서 월남파병이 있었는데, 그때 군인들이 벌어들인 달러가 지금의 한국을 만든 종자돈이 되었단다.

젊은 군인들의 목숨을 담보로 고국의 부모 형제들이 잘 살게 되었다는 이야기가 된다.

옛날 우리 군인들의 어렵던 시절도 한번 생각 해 보고, 내가 나라를 위해 할 수 있는 일이 무엇인가를 늘 생각하는 젊은이가 되어야 한다. 건강하게 근무하기 바란다.

옛날 파월 장병들이 생각나서 몇 자 적어 보낸다.

2013년 5월 26일 아버지가

효(孝) 장려운동

낮에는 많이 덥구나.

체력단련 한다 생각하고 열심히 땀 흘리며 훈련에 임하여라.

네가 입대하여 군대생활 한지 벌써 반이 지나갔구나. 그만큼 세월이 빠르다는 것이다.

어제 서면 영광도서 4층에서 「10기 "효"사관학교 임관식」에 참석하고 왔다. "효"사관학교는 은퇴한 남녀 어른들이 6개월간 효 교육을 받고 효 사관생도로 임관하여 부산 효 문화지원 본부 회원이 되어 활동하는데, 초중고에서 효 교육 신청이 오면 효 교육 강사로 학교에 나가서 효 장려운동을 펼치는 봉사단체란다.

이런 효 장려운동도 20~30대 젊은이들이 중심이 되어야 하는데 칠순 노인네들이 중심이 되어 활동하니 진전이 더딘 것이 안타깝구나.

동방예의지국에서 태어난 우리가 백행의 근본인 효를 등한시 하는 이 시대에 오적(五賊)으로부터 우리 사회를 되살리고자 하는 운동이 효 교육이다.

여기서 오적(五賊)이란 ?

- 경로 효친이 사라지고, 부모님을 모르는 이 시대의 적(賊)
- 아이를 낳지 않고, 돌보지 않으려는 이 시대의 적(賊)
- 내 몸이라고, 내 마음대로 자살해 버리는 이 시대의 적(賊)
- 가정이 무너지고, 가족을 해체시키는 이 시대의 적(賊)
- 지식만이 우선이라고, 인성을 도외시 하려는 이 시대의 적(賊)

이런 슬로건을 내세우며 이곳 부산에서 효 운동을 펼치고 있는 봉사하는 단체란다. 진혁이도 한번쯤은 효에 대해 조용히 생각해 보길 바라며.

2013년 5월 31일 아버지 장건조

다 마음먹기 나름이다

오늘 일요일, 아침에 엄마한테서 전화가 왔다.

아침에 수제비를 끓였으나 먹으러 오라고 해서 집으로 갔다. 오랜만에 누나들도 보고, 집에서 수제비를 먹으니 정말 맛있었다. 네 엄마가 끓인 된장국이나 수제비는 내 입맛에 맞아 맛이 있더구나. 네 엄마가 끓여주는 된장국은 진짜 맛있단다.

옛날 내가 군대생활 할 때, 고향의 어머님이 끓여주던 김치찌개가 생각나서 군침도 많이 흘렸단다. 군대생활 하는 군인들은 누구나 고향의 어머님이 끓여주는 찌개 맛을 잊지는 못할 게다. 아무튼 고생하는 어머니께 안부 전화는 자주 보내도록 해라. 늦둥이 아들에게서 전화 오는 날만 기다리는 네 엄마다.

일요일 아침에 수제비를 먹고 반송으로 돌아와 물병을 메고 물 받으러 뒷산(장산)에 갔다.

3~4일에 한 번씩 배낭에 물병(5개)을 메고 올라가 생수를 떠오는 것이 버릇처럼 되었다.

뒷동산을 오르내리며 숲속의 조용한 풍경도 보고 이름 모를 산새 소리를 들으며 걷는 산길이 너무도 좋구나.

훈련에 고생하는 병사들에게 풍경의 아름다움이 눈에 들어 올리는 없겠지만 부대 주위의 풍경들도 아름답게 볼 수 있는 마음의 눈을 챙겨보아라! 다 마음먹기 나름이다.

사람들과의 관계에서도 내가 좋게 마음을 먹고 사람들을 대하면 다 좋은 벗들이 된단다. 곧 상병이 될 텐데, 마음 준비 해놓고 건강한 군대 생활 잘 하기 바란다.

오늘은 이만 안녕한다.

2013년 6월 2일 아버지가

뜻 깊은 날, 현충일

60주년 현충일을 맞아 오랜만에 태극기를 걸면서 전방에 있는 네 생각이 나더구나.

그리고 현충일이면 생각나는 일이 많아 이렇게 펜을 들었단다.

한국전쟁 때 북괴군의 남침으로 서울이 3일 만에 함락되고 우리 국군은 남으로 계속 밀려와 대구와 부산의 경상도 일부만 남는 풍

전등화(風前燈火)의 상황에서 경북 왜관 다부동 전투에서 물밀듯이 밀려오는 북한군을 용감하게 격퇴하며 대구를 사수하였던 최고의 사단이 바로 네가 근무하고 있는 제1사단이었단다. 맥아더 장군의 인천상륙작전으로 전세가 역전되어 국군이 38선을 넘어 북한으로 진격할 때도 평양에 가장 먼저 입성한 부대였지.

장진혁 일병, 군 생활이 어렵더라도 최고의 사단, 빛나는 1사단의 병사로서 근무한다는 자부심을 굳게 가지기 바란다. 어려운 생활에서도 네가 모시고 있는 대대장님, 중대장님, 보급관님에게도 잘하고, 제대한 후에도 안부전화를 보낼 수 있는 의리 있는 멋진 병사가 되어야 한다.

오늘 현충일을 맞아 40년 전 병사였던 시절 모셨던 한철수 대장님(82세)께 안부전화를 보냈단다. 뜻 깊은 현충일, 조국을 지키기 위해 목숨 바친 선배 영령들에게 고개 숙여 묵념을 올려야 한단다. 그리고 동맹국으로 한국전쟁에 참가해 목숨을 바친 유엔군 병사들에게도 감사하는 맘으로 묵념을 올려야 한다. 북한에서 개성공단문제와 금강산관광, 그리고 이산가족 상봉문제까지 의논하자고 제의가 들어와서 곧 남북회담이 서울에서 열릴 것 같다.

그나마 남북대화가 시작되었다니 다행스럽다.

이제 한 여름이 시작된다.

더위에 몸 건강하길 바라며.

오늘은 이만.

2013년 6월 6일 아버지가

손자 얼굴을 그려보며

새벽엔 억수 같은 장대비가 내리더니 하늘이 진정되었는지 아침엔 부슬비가 내리고 있다.

4박 5일의 유격훈련을 마쳤다고 들었다. 고생 많았다.

지난 토요일(15일) 분당에서 할아버지 제사가 열렸다. 재혁이네도 딸아이를 데리고 왔더구나. 16개월이라고 하던데 꼭 재혁이를 닮았다. 한 번 안아보려고 해도 낯을 가려 안아보지 못했다. 그리고 미국에 가있는 조카 수정이 아들에게 그림을 그려주기로 약속해서 지난 주 아크릴 물감으로 F8호 캔버스에 웃는 모습의 사진을 보고 멋지게 그려 이번 제사 때 삼촌네에 건네줬다. 많이 좋아하더구나. 그리고 수정이와 통화했다. 요즘은 얼굴 보면서 국제통화를 하는 시대가 되어 편리하구나. 너도 빨리 결혼하여 아들 꼭 낳아라. 친손자 얼굴 그려보고 싶구나.

얼마 전엔 할아버지 제사 때 분당에 올라가야 하는데 미국에 있는 수정이 아들놈, 손자 얼굴(초상화)을 그려 주기로 약속이 되어

있어 잠이 잘 오지 않더구나.

　자꾸 미루다보니 두세 달이 지나서야 겨우 붓을 잡았다.

　귀여운 내 친손자를 그린다고 생각하고 열심히 그렸다.

　완성하고 보니 마음에 들어 이번 제사 때 그림 전해 주었다.

　제사 땐 영조네, 삼조네, 재혁이네 모두들 와서 화기애애하게 제
사를 잘 지냈다.

　너도 제대하면, 제사에 참석해야 한다.

　장마철에 몸 건강하길 바란다.

2013년 6월 19일 아버지가

1950년 6월 25일을 가슴에 묻은 채

옛날 우리 학창시절엔 '6.25사변' 이라 불렀던 한국전쟁.

1950년 6월 25일 일요일 새벽 4시에 북한군은 38선을 넘어 남침을 시도했다. 얼마나 북한군의 준비가 철저했으면 3일 만에 서울이 함락 당했겠니?

우리 군은 맨몸으로 싸우다 후퇴에 후퇴를 거듭하다 유엔군의 힘으로 겨우 낙동강 전선을 형성하고 숨통을 돌릴 수 있었다.

그 처절했던 1950년 6월 25일을 가슴에 묻은 채, 시간이 흐른 2013년 6월 25일 아침에 내 아들 장진혁 일병이 전투가 벌어지는 전선에 있다는 상상을 하며 이렇게 펜을 들었다.

요즘 젊은이들은 한국전쟁이 언제 일어났는지도 모른다는구나. 학교에서 역사(한국사)교육을 시키지 않아 그렇다니 정말 큰일이다.

주권을 가진 국가에서 역사교육을 안 시킨다는 것은 코미디라고 할 수 밖에 없다. 혼은 없고 돈에만 매달리는 기계 같은 인간을 만드는 것이 이 땅의 교육인가 싶어 한숨이 나올 지경이다. 수능과목 속에 반드시 한국사 과목을 넣어 학생들이나 젊은이들을 계도하는 것이 마땅한 정책이라고 생각한단다.

한여름이 다가온다. 30도를 오르내리는 무더위 속에 또 장마가 온다는구나. 지구온난화 문제는 인류 모두의 문제가 된 듯싶다. 유럽과 인도는 홍수에 엄청난 물난리를 겪고 있다. 올 여름 우리나라에도 엄청난 폭우가 내릴지도 모를 일이구나.

아들아! 조용한 시간이 되면 제대 후 미래에 대한 생각도 한번쯤 해보기 바란다. 세월은 빠르단다. 지금부터 미래에 대한 계획을 단단히 세워두기 바란다. 젊은 병사 시절의 꿈이 훗날 그 꿈을 이루는 바탕이 될 수 있도록 지금부터 서서히 마음의 준비를 해 두었으면 좋겠구나. 그리고 건강도 잘 챙기고 휴가 때 밝은 모습으로 보자꾸나. 그럼 안녕.

2013년 6월 25일 아침 아버지가

방송의 기적, 이산가족 찾기

30년 전 오늘 이 시간에 「이산가족 찾기 30주년」 특별방송을 방영하였다.

그땐 네가 태어나지도 않았고, 네 큰누나가 태어나 있을 적이다. 하루 몇 시간만 이산가족찾기 방송을 하려다가 너무도 엄청난 국민들의 호응에 전대미문 방송을 183일간 하였다. 전국 KBS방송국 지국까지 모두 생방송으로 이산가족 찾기 방송이 계속 되었단다. 칼라 TV로 방송된 지 3년만이었으니 참 오래된 이야기가 되겠구나. 그때 그 방송을 보며 눈물 많이 흘렸다.

전 세계 40여개 나라의 신문방송에 대서특필되어 세계적인 센세이션을 일으킨 '방송의 기적'이었단다.

장진혁 일병,

너에게는 친가나 외가가 모두 남쪽지방이라 이산가족이 없지만 북쪽에 고향을 둔 이북동포들, 그리고 6.25 전쟁 통에 가족을 잃은 사람들과 고아들이 너무도 많았다.

아빠의 친구들 중에도 아버지, 어머니가 이북이 고향인 분들이 많았단다. 나에게 미술을 가르친 고등학교 이경훈 미술선생님은 함흥분이시고, 화실 선생님이신 대화백 송혜수 선생님은 평양분이셨다. 이 분들의 아픔을 남쪽이 고향인 내가 어찌 다 헤아리겠냐마는 마음으로나마 안녕을 빈단다.

오늘 이산가족 찾기 특별방송을 보면서 옛날로 돌아가 눈물 좀 흘렸다. 가족의 정이란 떨어져 있어봐야 느낄 수 있는 것!

네 생각에 괜히 눈시울이 붉어지는구나.

무더위 속에 건강 유의하여라.

휴가 때 보자.

 2013년 6월 30일 아버지 장건조

상병 진급을 진심으로 축하한다!

아들아,

상병 진급을 진심으로 축하한다!

귀대는 잘했는지 궁금하구나.

귀대 후에는 부대에 잘 도착했다고 연락 좀 하여라.

귀대한 날 휴전선 근처는 폭우로 야단이더구나. 폭우로 인해 임진강이 넘치고 강원도 지역은 홍수사태로 난리가 났는데, 이곳 부산은 바닷가에 해수욕을 즐기는 인파들로 넘치니 인간사의 아이러니인지 한국 땅이 넓은 건지 도무지 감이 안 잡히는구나.

장진혁 상병,

너희 부대도 물난리에 동원되어 애쓰는 거 아니니?

임진강 주위도 홍수에 야단들이니 전방 군부대에서도 비상이 걸렸을 텐데. 무더운 여름철 장마 빗속에 몸조심하여라. 자기 몸은 자기가 챙겨야 한다.

119 소방관이 가장 먼저 보호해야 하는 것은 자신의 몸이다. 자신이 보호되지 않으면 다른 이를 보호할 수 없기 때문이다. 명심해라.

이제 상병진급을 했으니 계급에 맞게 그 역할을 잘 해주기 바란다. 시간 나면 한자 공부도 열심히 하여라. 세계적으로 중국이 점점 영향력을 강화하고 있단다. 폭우속의 한여름 건강에 주의하길 바라며.

오늘은 이만 안녕.

전진!

2013년 7월 15일 아버지가

지역 수재민에게 도움이 되길

이곳 부산은 30℃를 오르내리는 찜통더위가 계속되고 있다. 그런데도 중북부지역에는 계속 비가 내려 홍수 피해에 야단들이다. 어제도 폭우로 임진강 물이 넘치고 한강 수위가 높이 올라가는 등 서울·경기도 지역이 산사태 등의 물난리를 겪고 있다고 하는구나.

네 부대도 임진강 수역과 가까이 있어서 수재민 지역에 대민봉사

2013. 7
자애니지

나 복구공사에 나갈 일이 많을 것이다.

우리 식구의 일이라 생각하고 최선을 다해서 도움이 되어라.

건강 생각하여 부지런히 운동도 하고 음식도 잘 먹어야 한다.

지난 일요일, 서면 '밀레오레'에서 오랜만에 엄마와 록희와 함께 이병헌이 출연하는 할리우드 액션 영화 「레드 더 레전드」를 보았다. 영화내용은 딱히 내세울 게 없더라만 우리나라 배우 이병헌이 세계적인 할리우드 유명배우들과 나란히 연기를 하는 색다른 영화라 주의깊게 보았다. 청희는 이번 8월 시험이 있어 공부에 여념이 없는 모양이다.

진혁아, 청희 누나를 위해 시간이 나면 누나의 합격기원 기도도 해 주거라.

먹구름을 보니 소낙비가 내릴 것 같다.

다음에 소식 또 전하마.

2013년 7월 24일 아버지

화살같이 지나가는 시간

아들아!

찌는 듯 폭염에 또 하루가 간다.

작년에 네가 논산 훈련소에서 한여름 무더위 속에서 훈련을 받던 때가 엊그제 같은데, 벌써 한 해가 지나 상병계급장을 달아 내년 봄이면 제대하게 되니, 참으로 시간이 화살 같구나. 차분히 몸 관리하고 마음공부도 하기 바란다.

장진혁 상병, 장마가 또 온다는 방송이 들린다. 건강에 유의하고 임무수행에 모자람이 없는 확실한 병사가 되기 바란다!

2013년 7월 30일 아버지가

영화광 우리가족

　요즘은 열대야에 깊은 잠을 이루기 어려운 날들이 많다. 어제 울산에선 38.8℃ 온도로 울산기상대가 생긴 이래 최고의 높은 온도였다는구나. 우리나라만 그런 것이 아니라 전 세계가 이상기온과 날씨에 야단들이다. 군에서도 이 더위에 생활하기가 매우 어렵겠구나. 곧 개성에서 남북 당국자들이 개성공단 문제로 회담을 열게 되면 네가 있는 전진부대는 엄청 바빠지겠구나.

　이 더위에 아버지는 아직도 건강증진센터에 나가 운동하는 것은 빼 놓지 않는다. 너도 이 더위에 먹는 것 잘 챙겨먹고, 운동하는 것

게을리 하지마라. 지난번 서면 밀레오레 시네마에서 록희, 청희, 엄마와 함께 봉준호 감독의 「설국열차」 보는 중에 네가 록희에게 전화를 했더구나. 영화광인 우리식구들은 좋은 영화 있으면 보지 않고는 안 되는 모양이다. 그래서 너의 빈자리가 더 크게 느껴지는구나. 휴가 나오면 이 아빠와 같이 영화 한 번 보러가자! 훈련에 더욱 열심히 임하고 건강에 유의하기 바라며 오늘은 이만 안녕.

2013년 8월 9일 아버지가

미래의 인생길, 진지하게 생각해 보길

오늘은 뜻 깊은 8.15 광복절이다.

어제는 개성에서 남북 당국자 회담이 잘되었는지 문제가 해결되어 다시 개성공단의 문이 열리게 되었다.

개성공단 앞을 지키는 너희부대는 또다시 경계근무 등으로 더욱 바빠지겠구나.

지난 월요일(12일) 부산시청 전시실에서 「제15회 연제문화예술인 회원작품전」이 열렸다. 네 엄마와 청희는 작품 구경을 했고, 록희 퇴근시간에 맞춰 거제리 시장에서 만나 칼국수를 먹었다.

칼국수를 먹으며 우리의 주제는 바로 장진혁!

이번 작품전 팜플렛 1부 보내니 아빠 점찍은 작품 한번 보거라.

3~4년간 점찍은 작품, 추상작품 계속 출품하고 있다. 요즘의 작품세계를 보여주려는 것이다. 이제 새로운 작품구상도 해야 될 시기가 되었다.

장진혁 상병! 조용한 시간이 되면 제대 날짜만 계산하지 말고, 앞으로의 미래의 인생길도 진지하게 생각해 보기 바란다. 모자라는 시간이지만 나름대로 공부도 해 두어야 한다. 세월은 정말 빠르단다. 남자가 성인이 되어 군대를 갔다 오면 혼자 독립적으로 생각하고 생활 할 수 있는 생활인으로 거듭나야한다.

어렵다고 생각하지 말고 건강 지키며 힘내기 바란다.

다음 만날 때까지 안녕.

2013년 8월 15일 아버지가

최전방에서 땀 흘리고 있을
장진혁 상병에게

8월의 무더위 날씨도 고비를 넘기고 처서를 맞이하였다. 오늘 새벽 중남부에 폭우가 와서 새벽녘 소낙비 소리에 놀라 잠이 깨어 열어둔 발코니 창을 닫았다. 아들아, 이젠 한 여름의 기운도 고개를 숙일 것 같구나. 어제 22일(목) 저녁 시청에서 엄마, 록희, 청희와 만나 거제리 시장 오리구이 집에서 밥을 먹었다.

이번에 청희가 시험 친 얘기와 앞으로의 방향, 그리고 네 소식도 나누며 시청 뒤뜰에서 커피를 한잔 했더니 집으로 돌아오는 발걸음이 무척 가벼웠다.

장진혁 상병,

군인의 의무가 무엇이겠는가? 우리 가족들이 이렇게 편하게 저녁식사를 함께 할 수 있다는 것도 군인인 네가 최전방을 지켜주기 때문에 가능한 일이라고 생각한다. 진심으로 내 아들에게 감사한다.

아들아!

이 세상엔 어려운 일이 있으면 또한 좋은 일도 있다. 마치 동전의 양면처럼 같이 존재한다. 어려울수록 좋은 생각, 밝은 미래를 꿈꾸길 바라며 오늘은 이만 한다.

2013년 8월 23일 아침 아버지가

조상을 모시는 일이 중요하다

아들아,

창을 열어두고 밤을 보내지만 새벽녘엔 이불을 덮어야 하는 가을이 슬며시 찾아 왔다. 자연은 어김없이 계절의 바뀜을 알려주는구나. 남해안엔 태풍의 영향으로 비가 온다고 하는데 다음 주엔 진주 장재실 할아버지 산소와 의령 쑥골에 윗대 할아버지 묘소 벌초하러 영조 삼촌과 같이 가려고 한다. 비가 안와야 하는데 걱정이다.

시골에 가면 앞으로의 시사문제나 벌초 때문에 말들이 많다. 젊은 사람들의 참여가 갈수록 줄어들기 때문에 어떻게 해야 조상 모시는 일을 계속 유지할 수 있을까 하고 다들 걱정이 많구나. 너도 제대를 하고 복학하더라도 벌초 때나 시사 때는 조상님 산소에 벌초하고 절하는 우리 민족 전통의 예는 절대 잊어버려서는 안 된다.

그만큼 인간의 도리로써 중요한 덕목이다.

개성공단이 다시 시작된다니 네 부대도 더욱 바빠지겠구나. 우선 찜통더위가 물러간다니 다행이지만 곧 추워질 테니 세상일이란 게다 새옹지마인가 보다.

　추석 때 휴가 나온다니 그때까지 군복무 열심히 하고 누구보다

솔선수범 하는 건강한 병사가 되어 주기 바란다.

　아버지는 시골에 벌초하고 와서 소식 전하마.

　그럼 안녕.

2013년 8월 30일 아버지가

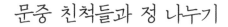

문중 친척들과 정 나누기

오늘은 어르신들의 산소에 다녀왔다.

부산에서 영조 삼촌과 새벽에 출발하는데 하늘에 먹구름이 잔뜩 끼고 비가 많이 내리더니 진주에는 비가 오지 않아 다행이었다. 장재실 가는 길에 있는 박세준 형님 집에 들러 세준이 형님과 함께 할아버지 산소로 같이 올라가 벌초를 하고 성묘하였다. 성묘 후에 대의면 식당에서 문중 회식 겸 시사문제로 회의를 하는데, 젊은 너희들이 이제는 벌초, 시사에 꼭 참석해야 한다는 의견이 많더구나. 다음 해 부터는 벌초기를 빌려 대의면에 맡겨두고 벌초 당일날 의령 문중산소에 네 기나 되는 윗대 할아버지 산소부터 먼저 벌초하고, 진주 장재실 산소에 벌초하러 가기로 했다. 제대하면 내년부터 같이 벌초하러 가자꾸나. 조상님 산소 벌초하고 성묘하는 것은 자손으로서의 기본적인 의무 사항이라는 것을 늘 명심하여라. 또한 문중 친척들과 정을 나누고 인사도 해두어야 한다.

아들아! 휴가 때 우리 건강하게 만나자.

2013월 9월 8일 일요일 아버지가

2013. 9
자여건스

국군의 날을 맞이하여

지금 TV에서 국군의 날 기념식 행사를 거행하고 있다.

10년 만에 기념식장에서 행사를 마치고, 서울시내 시가행진 행사까지 한다니 오랜만에 서울시민들이 가두에서 국군의 위용을 볼 수 있겠구나. 정돈된 병사들의 열병과 분열, 최신형 무기들의 위용이 많은 국민들에게 전해져 든든한 국방의 힘을 느끼게 할 것이다.

너에게는 국군으로서는 마지막으로 보는 국군의 날 행사가 되겠구나. 제대 날짜만 꼽고 있는 못난 군인이 되지 말고, 젊음이 넘치는 시절에 군인으로서 국민의 안위를 위하여 총을 잡고 전선에 서 있다는 자부심을 가지고 행동하는 군인이 되어라. 국군의 날엔 예나 지금이나 특식이 나올 텐데 요즘은 뭐가 나오니? 예전에는 국군의 날이 생일날 내지는 잔칫날이었단다. 아들아! 무슨 자격시험에 도전하는지는 모르겠지만 자격시험을 준비 중이라니 최선을 다해 보거라. 짧은 준비기간이겠지만 그 또한 하나의 도전 아니냐!

오늘 국군의 날, 내 아들 장진혁 상병을 생각하며.

2013년 10월 1일 아버지가

의미 없는 상념보다 노는 것이 낫다

아침저녁으로 싸늘한 가을바람이 분다.

네가 있는 최전방의 새벽바람은 코끝을 찡하게 하는 차가운 바람이겠지. 떨어지는 낙엽을 바라보며 감상에 젖어보는 것도 좋을 테지만 매일 꾸준하게 몸을 움직이면서 기운을 잘 보전해야 한다. 공자님께서도 의미 없는 상념보다는 차라리 노는 것이 낫다고 하셨단다.

장진혁 상병, 어제 토요일(12일) 오후에 록희, 청희와 함께 론 하워드 감독의 「러시 : 스트리트레이서」라는 영화를 보러갔다. 근래 본 영화 중에는 꽤 박진감 있는 영화였다. 인생에서 라이벌이 있다는 것이 정말 중요하다는 생각을 일깨워준, 천재 레이서들의 속도감 있는 이야기였다. 영화가 끝난 후 해운대 소고기국밥을 먹고, BEXCO신관에서 하고 있는 「부산 아트페어(전시회)」에 아빠 작품도 전시되어 있어서 BEXCO에 갔단다.

이번 아트페어는 TV에서도 광고를 하는 등 부산미협행사로써 큰

규모로 진행되었단다.

오늘은 일요일이다. 아침 일찍부터 메이저리그 야구 중계를 보았다. 내셔널리그 챔피언시리즈 LA 다저스와 세인트루이스 카디널스와의 2차전을 보면서 류현진 선수가 있는 LA다저스가 2차전까지 (2:3, 0:1) 한 점차로 패하는 장면이 너무 안타깝구나.

이제 LA로 경기장을 옮겨 세 경기를 모두 승리해야만 월드시리즈에 나갈 수 있다. 힘든 여정이 예상된다.

며칠 전, LA에 있는 허구연 해설위원에게 "구연아, 야구중계방송도 좋지만 우리나이에 건강도 챙겨야 한다."고 문자를 보냈더니 "건조야 고맙다!" 라고 답장을 받았었다. 그런데 오늘 TV 중계방송을 하면서 아쉬움에 가득 찬 친구의 안타까운 목소리를 들으니 정말 착잡하구나.

사랑하는 내 아들아! 최고의 역학자이신 김중산 선생께서 진혁이는 성공할 거라 말씀하셨으니 적어도 너는 '한 점차 패배는 안 하겠지' 하며 스스로 위로해본다. 글이 갈수록 두서가 없어지는구나.

건강해라!

2013년 10월 13일 아버지가

월동준비 철저히 하길 바래

이제는 완연한 가을이다.

봄은 밑에서 올라가고 겨울은 위에서 내려온다는 말을 실감하는 시기이구나.

북쪽으로부터 단풍이 점점 내려오고 있는 이때는 전방의 모든 부대들이 월동준비에 땀을 흘릴 때이기도 하다.

아들아, 이 겨울만 지나면 네 군대생활도 끝이 보이겠구나.

마지막 겨울바람이 너에겐 매우 매서울 것이다.

군화 끈 동여매고 바짝 정신 차려야 한다. 이제 군 생활도 고참으로 넘어가는 시기이니 후배 병사들에게 솔선수범하며 모범을 보여주어야 한다.

이번 여름이 엄청 더웠던 것처럼 이번 겨울도 만만치는 않을 게다. 특히 파주의 겨울바람은 임진강 바람을 타고 더욱 매섭단다.

부대에서처럼 너도 월동준비를 철저히 하기 바란다.

아버지는 11월 7일 「재부홍익미대 작품전」을 앞두고 있다. 민병일 선배님이 재부홍익미대 회장님이 되셨는데 3년 만에 이루어지는 동문 작품전이 성황리에 개최 될 수 있게 도와드리고 있단다.

건강 잘 챙겨라.

2013년 10월 23일 수요일 아버지가

엄마의 생일

　오늘 10월 27일(일요일), 음력으로 9월 23일, 엄마 조정숙의 58회(59세) 생일이다. 아침에 해운정사에 올라가 대불전 부처님께 삼배 올리고 원통보전에 가서 관세음보살 앞에서 식구들의 안녕을 기원하며 절을 올렸다.

　시자실에 가보니 그 사이 새로 오신 도우스님이라는 분이 진제 종정 큰스님의 새로운 시자스님(비서스님)이 되셨다 하기에 인사드렸다. 오후 1시에 엄마와 록희와 스펀지 메가박스에서 엄마 생일기념으로 「그래피티」를 보았단다. 엄마 생일선물로 예쁜 꽃 카드 한 장 주면서 흰 봉투에 '축 생일'이라고 쓴

현금 넣은 봉투를 함께 주니 싫다는 것인지 좋다는 것인지 "현금봉투 선물은 생전 처음 받아 본다."고 하더구나. 현금이 좋기는 좋은 모양이다. 싫은 기색은 아니었단다.

어제 토요일 저녁 유년시절의 벗이었던 김철석의 친손녀 첫돌 잔치(연산동 뷔페)에 초대받아 갔다. 첫돌 선물로 며칠 전 여성 내의 가게에 가서 어린이 첫돌 내의 두 벌 사면서, 엄마 생일 선물로 겨울 내복을 사주려고 했는데 사이즈를 몰라 전화로 물어보니 엄마 왈, "내가 현대여성인데 겨울에도 내복은 안 입소!"라는 대답이 돌아오더구나. 궁여지책으로 현금을 선물했단다. 쇠발에 쥐잡기가 이런 건가 보구나.

청희 누나는 시험 치러 간다고 영화는 보지 못했다.

이 편지 받으면 늦었지만 엄마에게 생일 축하 한다고 전화하도록 해라. 그리고 육군 본부 인사사령관으로 진급했던 이재수 장군(중장)께서 이번에 기무사령관으로 중요한 직책을 발령 받았다고 신문방송에 나오기에 축하 문자 보냈다.

장진혁 상병. 추운 겨울로 들어가는 11월이다.

아마 이글을 받은 날 함박눈이 내리는 것은 아니겠지?

찬바람 부는 파주의 겨울은 매섭다!

체력으로 이겨내길 바란다.

건강이 제일이란다.

그럼 이만.

2013년 10월 27일 아버지가

모름지기 잘 먹고 튼튼해야

싸늘한 가을 날씨에 북방의 최전선에서 임무수행에 얼마나 고생이 많겠느냐! 이런 날씨에 때 맞춰 식사는 잘하고 있는지 모르겠구나. 모름지기 잘 먹고 튼튼해야 이 겨울을 이겨낼 수 있을 게다.

그저께 일요일 록희, 청희와 스펀지 메가박스에서 「토르 : 다크 월드」 관람했다. 어린이를 상대로 하는 공상영화 같아서 몇 번이나 졸았단다.

어제, 월요일 아침에는 해운정사에 올라가 진제 종정 큰스님을 모처럼 알현했다. 큰 스님께서는 내년 초에 로마에 가신다고 하신다. 겨울에 네가 휴가를 나오면 우리 식구 모두 큰 스님께 인사 한번 올리자꾸나.

저녁 7시에 서면에서 동아고 미술부 출신의 모임인 「디아미」의 회합이 있었다. 오랜만에 미술부 선 후배 얼굴 보게 되었단다.

총동창회 체육대회 때마다 운동장 옆에서 어린이 미술실기대회도 함께 했는데, 너도 어릴 적 거기서 그림도 그리고 상도 받고 했는데 기억이 나는지 모르겠구나. 미술실기대회를 해마다 우리 「디아미」 회에서 주관해 왔단다. 이제 미술부 선배나 후배 중에 작고한 사람들도 있고 해서 역사가 지워지기 전에 모교에서 「디아미」관이라는 역사관을 만든다고 하는구나. 작가로써 자기소개 자료를 빨리 내라고 해서 오늘 김창민 선배(15회)가 있는 서면 사무실에 자료를 내러 갈 생각이다. 어젠 오랜만에 십여 명의 미술부 선후배들이 모여 저녁식사 하며 옛날 얘기 많이 나누었다.

세월은 유수 같이 흘러 어린 후배들이 벌써 주름살이 패여 있는 환갑을 바라보는 나이들이 되어 버렸다. 오랜만에 옛날 학창시절의 미술부 시대로 돌아가 즐겁게 담소를 나누었단다.

낮에 잠시 보건소에 가서 폐렴 예방 주사 맞았다.

너도 건강하게 이 겨울을 대비하여라.

싸늘한 날씨에 몸조심하고, 이만 줄인다.

2013년 11월 5일 아침 아버지가

실력을 갖추어 삶의 어려움을 이겨내길

이제는 찬바람이 겨울의 문턱을 넘어 우리들의 턱에까지 도착했
구나. 아침저녁으로 많이 싸늘하다. 그곳 파주의 최전선은 여기보
다 더 하겠구나. 며칠 전 처음으로 창녕에 갔다. 장혁표 총장님께서
창녕고등학교 이사회에 가신다며 우포늪 구경과 우포늪 화가도 만
나 본다고 하셔서 동행했단다. 장혁표 총장님은 팔순의 고령이신데
도 건강하시다. 창녕 화왕산, 영산, 남지읍은 가보았지만 창녕읍은

처음이었다. 아담한 읍내에 있는 창녕고등학교에서 이사님들과 학교 설립자인 이사장님도 만나 보았다. 79세의 학교 설립자 이사장님은 젊은 시절 군에 있을 때 5사단 헌병대 장교 출신이라 하시던데 아직도 정기가 넘치는 창녕지역 사령관 같은 분이셨다.

　이사회가 열리는 동안 학교 구경을 했다. 학교 교정은 아담한 리조트 같았다. 학생들도 학년마다 2학급씩에 28명 정도의 학생 수여서 전교생이 모두 기숙사 생활을 하고 있었다. 창녕이 교육도시라서 그런지 창녕고는 서울대 진학률도 높은 지방 명문고였단다. 그러나 시골지역학교라 한 학년 5학급의 학생 수가 자꾸 줄어 지금은 두 학급씩 타지 학생들까지 받아 전교생 6학급으로 운영되고 있다. 운동장, 체육관 등 아담한 학교 교정을 보니 옛날 첫 직장이었던 창원 대산고등학교 시절이 머리를 스쳐지나가더구나. 시골 학교의 교편생활이라는 것은 정말, 낭만속의 생활이었다. 짧았지만 첫 교편을 잡던 시절이 기억에 선하다. 이사회를 마치고 화왕산 아래 식당에서 점심을 먹은 뒤 장 총장님과 같이 학교차를 타고 우포늪에 가서 우포늪 생태관 구경을 했다. 현대식으로 잘 꾸며놓았더구

2013

나. 줄서서 견학 온 초등학교 아이들의 초롱초롱한 눈빛이 마음을 포근하게 해주었다. 다시 건너편에 있는 우포늪 화가 김선희씨 화실에 가서 멋지게 지은 작업실 구경을 한 후 장 총장님과 함께 시외버스 타고 부산에 도착했다. 시골 학교 교정을 거닐고 가을 단풍에 매료되고 우포늪의 자연경관을 마주하고 나니 교편을 잡던 시절도 떠오르고 네 엄마 얼굴도 떠오르고 삶에 대해서도 돌아볼 수 있었던 시간이었다. 진혁아, 우리 인생에 햇빛만 쨍쨍 비지는 날만 계속 있는 게 아니다. 먹구름 끼고 바람 불고 비가 쏟아지는 험한 날들도 있단다. 그런 어려운 날을 어떻게 이겨내고 나갈 것인지 생각해 보아라. 삶의 어려움을 이겨내기 위해서는 언제나 실력을 갖추어야 한다. 이제 한해를 마무리 하는 시기가 다 되었다. 내년 봄, 제대를 바라보며 짧은 시간 속에서도 공부할 것이 있으면 공부해라. 건강도 잘 챙기고. 이번 토요일엔 의령 대의에서 「단아제」 묘사를 지낸다. 다녀와서 또 소식 전하마. 안녕!

2013년 11월 14일 아버지가

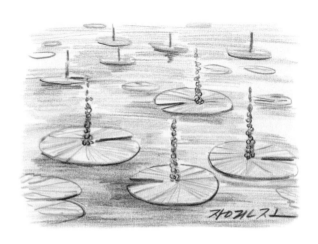

조카의 죽음을 지켜보며

이번 주는 정신없이 바빴단다.

16일(토) 의령 단아재실 묘사 날이라 새벽 6시에 주례에서 영조 삼촌 차를 타고 웅곡마을(쑥골)로 달렸다. 거제도에서 장손인 상

혁이도 아들 지훈이를 데리고 단아재실로 왔더구나.

그때 재실에 올라오지 않은 장봉춘(61세)이 제를 지내지 않아서 시사를 마치고 내려가 보니, 간암환자라서 제에 올라오지 못했더구나. 얼굴이 반쪽이었다.

봉춘이의 촌수는 내 조카란다. 너에겐 형이 된다. 아버지 초등학교 때 처음으로 집에 일하던 영자(봉춘이 큰누나)를 따라 방학 때 의령 쑥골에 와서 놀 때 봉춘이 조카가 나를 많이 따랐다. 그 동네

강(姜)씨 집안의 윤기, 청기, 창기 등 봉춘이 또래 후배들과 뒷동산에서 내가 대장이 되어 병정놀이도 많이 했다. 어린 시절 따르던 어린 꼬마가 벌써 환갑을 지내고 간암으로 입원해 있다고 하니 마음이 아팠다.

그러면서 나에게 부탁하는 말이 "아제! 지금 있는 병원은 도저히 믿을 수 없으니 다른 대학병원 아는 곳이 있으면 병원을 옮겨보고 싶소!" 하며 부탁하기에 알아보겠다고 하고 헤어졌다. 이틀 뒤 월요일 오후에 친구인 김석권 박사(前 동아대 의과대학장)에게 연락해서 동아대병원으로 옮겼는데, 환자를 보더니 "건조야! 네 조카 오래 가지 못할 것 같다. 준비해라!"고 하더구나.

조카 장봉춘의 죽음을 지켜보니 인생이란 한낱 바람 같이 허무한 것이 아닌가 싶다.

진혁아! 삶이 이토록 허무하니 서로 의지하고 정을 나누어야 한단다. 식구들과 친척, 친구, 이웃들이 다 그래서 존재하는 것이다. 이제 11월도 며칠 남지 않았다.

점점 찬바람이 부는데 건강 잘 챙겨라.

2013년 11월 23일 아버지가

쉬운 시험이란 없다

엄습하는 새벽의 찬 기운이 몸을 지배하고 있다.

부산의 새벽기운이 이럴진대 임진강의 새벽은 말해 무엇 하겠느냐!

장진혁 상병.

이제는 고참병이라 아래 후임병들 지도하느라 꽤나 바쁠 것이다. 졸병 땐 졸병의 어려움이 있지만 고참병은 고참병 나름의 어려움이 있단다. 언제나 여유를 가지고 사람들을 대하여라.

지금 나는 「2013년 재부 홍익미대 동문전」을 해운대 센텀시티 부산디자인센터에서 열고 있다. 민병일 선배님(부경대 명예교수)이 회장이 되시고 역대 최대 참가인원인 32명의 회원들이 참석한 성대한 전시회가 되었단다. 회화, 조각, 디자인, 공예, 건축 등을 망라한 부산 최고의 작품전이라고 해도 과언이 아니다.

장진혁 상병.

저번에 군에서 자격증 시험 본다는 것은 어떻게 되었는지 궁금하

구나. 시험이란 쉬운 게 없다. 무엇이든지 노력해야 한다. 아직도
어려운 겨울의 군 생활, 건강하게 이겨내야만 한다.

  곧 눈이 펑펑 내리는 동장군의 날씨가 계속 될 게다.
  건강 조심하고 휴가 때 반가운 얼굴로 보자꾸나!
  그럼 이만.

2013년 12월 6일 아버지가

함부로 인연을 놓지 말거라

아들아,

세상이 온통 새하얀 눈밭이 되었다.

부산만을 제외하고. 겨울이란 추워야 제 맛이라지만 파주의 겨울 눈밭에 있는 너로서는 덜 추운 사람들의 배부른 말로 들릴 수도 있겠다는 생각이 든다. 남쪽사람인 이 애비도 군 생활 중 겨울이 제일 싫더구나.

한여름 뙤약볕에서 뒹굴어도 추운 겨울보다는 낫다는 게 내 생각이다. 부산 사나이 장진혁 상병도 역시 이 겨울이 싫을 것이다. 하지만 군대에서의 마지막 겨울을 멋지게 마무리해라.

어김없이 한 해가 저물어간다. 새해 갑오년(甲午年) 말띠 해가 되면 어김없이 또 한 살을 먹어야 하는구나. 제대를 앞둔 너는 국방부 시계가 안 간다고 안달이겠지만, 쏜살같이 지나는 이 세월이 이 애비에겐 안타까움으로 다가오는구나.

아들아, 너는 얼마 남지 않은 군대 생활 동안 동료, 전우들의 기억 속에 멋진 병사로 남을 수 있게 노력해야 한다.

　군 생활 마치면 전우들과는 끝이라고 생각하지마라.

　어떤 인연인지 또 우연하게 만나게 되는 경우도 많단다. 같은 시기에 같은 내무반에서 생활했다는 것은 매우 특별한 인연이다. 함부로 인연을 놓지 말거라.

　다음엔 휴가 때 보겠구나!

　엄마, 누나들에게도 전화 자주 하여라.

　세상에서 제일 소중한 게 가족이 아니겠느냐!

　겨울철 몸 건강하고 이만 안녕.

2013년 12월 12일 아버지가

북한정권의 소용돌이

요즘 신문방송은 온통 북한의 장성택 처형 문제로 떠들썩하다. 전세계 뉴스거리가 되어 버렸다. 젊은 김정은이 북한정권의 2인자였던 고모부 장성택을 제거함으로써 불안한 북한 정권의 한 단면을 보여 주는 것이기도 하지만, 앞으로 엄청난 숙청이 일어나 북한을 얼어붙게 만들 것 같구나.

북한정권의 소용돌이 때문에 북한군부의 도발이 있을 것 같다는 뉴스가 떠돌고 있으니 최전방은 비상사태에 돌입하겠구나. 임진강변의 매서운 겨울바람을 맞으며 눈 덮인 대지 위에서 경계근무를 할 자식생각에 마음이 아리다.

북한에는 안동 장(張)씨가 제일 많다.

장성택도 고향이 함경북도 청진이니 틀림없는 안동 장(張)씨일 게다. 조선 세종 때 4군 6진이 설치되면서 많은 안동 장씨들이 이주했단다.

이번에 북한 정권의 장성택 제거 문제와 관련하여 그의 친족들인 안동 장씨들은 함께 처형 되거나, 정치범 수용소에 감금되는 등 숙청을 당하게 될 것이다.

안동 장씨는 우리 단양 장씨와 같이 장정필 할아버지의 자손들이다.

북한의 김정은 정권이 또다시 남쪽을 향해 도발사태를 일으키지 말아야 할 텐데 하는 걱정이 앞서는구나.

비상시 최전방에서 건강 조심하고 정신 똑바로 챙겨야 한다!

다음에 또 소식 전하마.

전진!

2013년 12월 14일 저녁 부산에서 아버지가

어려울 때 일수록 서로 전우애를 발휘해야

아들아!

북한이 "예고 없이 타격 하겠다" 는 협박성 통지문을 우리정부에 보내왔단다.

김관진 국방장관은 '내년 1월부터 3월까지가 북한이 도발할지 모르는 위험한 시기' 라고 하니 우리군은 경계 태세에 돌입했겠구나.

내 아들 장진혁 상병은 제대말년에 고생이 많다.

군 생활엔 언제나 제대 말년이 되면 생각지도 않은 일들이 생긴 단다. 마음 독하게 먹고, 어렵더라도 건강 잘 지키며 군 생활 잘 해야 한다.

너는 서부전선 최전방을 사수하는 병사이자 국방의 의무를 수행하는 군인으로서 최선을 다해야 한다. 고참 병사로써 모범을 보이며 후임병들을 잘 이끌도록 해라. 쪼들리던 졸병 시절이 있지 않았느냐. 어려울 때 일수록 서로 전우애를 발휘해야 할 중요한 시기이다.

음력 11월 25일이 이 애비 생일이다.

오지 말라고 아무리 손사래를
쳐도 어김없이 다가오는
생일에 어쩔 수 없이
또 한 살을
먹어야 하는구나.

장진혁 상병,
늘 동상 조심하고
즐거운 맘으로 휴가 때 보자꾸나.
그럼 전진!

2013년 12월 22일 아버지가

존경하는 원승구 대대장님께

대대장님 안녕하십니까!

부산 오륙도 앞바다에도 2014년 새해가 밝았습니다. 새해 복 많이 받으십시오.

휴가 온 늦둥이 아들에게서 대대장님의 전출 소식 들었습니다.

제가 지난해 부대를 방문하여 몇몇 병사들을 만나 봐서 잘 알고 있습니다. 그리고 부하장병들이 대대장님을 엄청 존경하며 따르는 모습에 저는 깊은 감명을 받았습니다.

지난해 겨울, 제가 부대를 처음 방문 했을 때 대대장님께서 베풀어주신 호의를 잊지 않고 있습니다. 그리고 제대로 인사 한번 못함을 송구스럽게 생각하며 이 지면을 빌어 인사드립니다.

존경하는 대대장님.

대대장님께서는 휴가를 가는 병사들에게 "휴가가면 바로 사랑하는 아버님, 어머님의 발을 직접 씻어드리고 오라!"는 사랑과 효(孝)를 교육시키는 멋진 지휘관이십니다.

사단법인 효문화지원본부의 자문위원인 저로서는 대대장님께서 직접 챙기셨던 휴가 병사들의 '부모님 발 씻어 드리기 운동'이 전 군의 "효"운동 확산으로 발전해 갔으면 하는 바람입니다.

원승구 대대장님.

저는 아직도 1973년 육군 특수부대 병사로 근무할 때 모셨던 저의 대장님(당시 대령)과 지금까지도 연락하고 인사드리고 있습니다. 요즘도 서울에 올라가면 종로사거리 인파 많은 도로에서도 대장님을 만날 때 아직도 거수경례를 바르게 올리고 있습니다.

지금은 팔순을 넘으신 저의 대장님은 그 뒤로 계속 진급하셔서 공교롭게도 원승구 대대장님께서 이번에 전출해 가신 부대, 한미연합사령부의 한미연합사 부사령관으로 가셨다가 퇴역하신 한철수 대장님이십니다.

이 또한 대대장님과 특별한 인연인 것 같습니다. 제가 알기로는 육사출신의 대대장님께서 전출해 가신 한미연합사는 우수한 장교들로 구성된 최고의 사령부로 알고 있습니다.

훌륭하신 대대장님이시기에 좋은 부대로 차출되어 가신 것 같습니다. 원승구 대대장님. 훌륭하시고 멋진 대대장님 밑에서 자식이 군대 생활 했다는 것을 자랑스럽게 생각합니다.

갑오년(甲午年) 새해를 맞이하여 대대장님의 새로운 부대에서의 출발에 건강과 행운이 함께 하시길 기원 드립니다. 틀림없이 앞으로 대한민국 육군을 이끄시는 훌륭한 장군님이 될 것임을 저는 믿어 의심치 않습니다. 그럼 늘 건강 하시옵고 안녕히 계십시오.

전진!

2014년 새아침 부산에서 大海 장 건조 배상.

아들아, 새해 복 많이 받아라!

갑오년(甲午年) 새해, 오륙도 앞바다에도 찬란한 태양이 솟았다. 저 태양처럼 원대한 꿈을 가지며 새해 복 많이 받아라!

아들아!

올해 2014년은 너에겐 너무나도 중요한 한해가 될 것이다. 바로 제대하는 해이기 때문이다. 이 애비가 너에게 올해 갑오년에 불가에서 참선할 때 주는 화두와 같이 너에게 올해 필요한 사자성어를 내려줄테니 언제나 명심하여 잊지 않도록 하여라.

「一心正念(일심정념)」

마음을 오로지 한곳에 집중하여 바른 생각을 하라는 의미이란다. 이런저런 잡다한 생각에 마음을 뺏기지 말고 전심을 다하여 바른 생각을 하라는 것이니 명심하여라.

이 애비도 제대 말년에 사고를 쳐서 엄청 고생했단다. 제대 말년이라고 달력에 동그라미 쳐가며 날짜만 세고 있는 병사가 되어서는 안 된다. 고참병이라 하여 나태하게 누워서 졸병들만 괴롭히는 말년병이 되어서도 안 된다.

　장진혁 상병. 서부전선 최전방을 사수하는 병사로써 정신 바짝 차리고 열심히 남은 군 생활에 일념(一念)을 다하는 것이 생각지도 않은 불상사(사고)를 막는 유일한 방책임을 잊지 말아라.

　아들아. 「一心正念(일심정념)」을 절대 잊지 말고 마음속에 새기며 생활하기 바란다. 추운 날씨에 몸 건강하길 바라며.

2014년 1월 2일 부산에서 아버지가

2014. 1. 1
장건진

일심정념 (一心正念)

아들아!

너도 보았겠지만, TV에서 김연아 선수가 소치 동계 올림픽에 나가기 전에 선수로서 국민들에게 마지막으로 보여주는 빙판 위의 아름다운 몸놀림은 가히 감동 그 자체였다.

서부 전선 최전방을 지키고 있는 내 아들 장진혁 상병도 국가대표급 상병이라는 큰 자부심을 가지고 최전선을 당당히 사수해주기 바란다.

너에게 주었던 올해의 사자성어 「一心正念(일심정념)」을 화두 삼아 늘 마음속에 챙겨라.

전진!

2014년 1월 5일 아버지 장 건조

장애를갖고

매서운 칼바람을 견뎌낼 아들에게

아들아, 지구가 이상기온으로 야단이다.

북미지역은 나이아가라 폭포가 얼어붙을 정도로 추워져서 영하 50℃의 살인적인 추위에 미국에선 얼어 죽는 사람들이 곳곳에서 나오는 지경이다.

반대로 남미 브라질 아르헨티나에선 영상 50℃의 불타는 더위 속에 곳곳에서 엄청난 산불이 나기도 한단다. 지구가 이상하다!

우리나라도 대설 경보 속에 이곳 부산에는 건조주의보가 내려졌다. 서부전선 최전방을 지키고 있는 사랑하는 내 아들 장진혁 상병도 꽁꽁 얼어붙어 있겠구나.

이 애비도 옛날 1970년대 초, 병사 시절 전방 파견을 나가 봐서 잘 알고 있다. 동부전선 강원도 지역의 그 추위는 겪은 사람만이 알고 있다. 높은 산의 고지에 있으니 최전선 중 온도가 제일 낮게 나온다. 철원, 화천, 103보의 노랫말에도 나온다. '인제가면 언제 오나 원통해서 못살겠네!' 인제 · 원통 · 고성 등지의 강추위는 지금도 잊을 수가 없단다.

아들아! 네가 있는 서부전선 파주 벌판도 맹추위로 유명한 곳이다. 높은 고지는 없으나 임진강변의 겨울 북풍은 목을 베는 매서운 칼바람이다. 개성의 선죽교에서 고려의 한을 품고 죽은 포은 정몽주 선생의 피맺힌 비통함이 개성 벌판의 대나무 숲을 지나 임진강변으로 불어오는 것일까?

진혁아. 추위를 이기려면 배불리 먹어야 한다. 든든히 먹고, 동상에 주의해야 한다.

춥다고 움직이지 않으면 안 된다. 웅크리지 말고, 열심히 움직이기 바란다. 그럼 또 소식 전하마. 이만 안녕.

2014년 1월 9일 아버지가

일본 군국주의 부활을 걱정하며

아들아!

일본의 군국주의가 다시 부활할 것 같구나.

일본의 아베정권이 일본의 「평화 헌법」을 바꾸려는 음모를 꾸미고 있는 요즈음, 일제 침략의 최대 피해자들인 우리 대한민국 국민은 또 다시 일본의 노예가 되지 않기 위해 정신을 바짝 차려야 할 시기이다.

살을 에는 맹추위에 경계 근무에 충실하고 있는 너희들에게 우리 민족의 꿈인 한반도 통일을 이루는 문제도 중요하지만, 일본 군국주의 부활을 말하는 것은 언제나 우리 영토를 노리고 있는 일본을 경계해야 된다는 사실을 말하고자 하는 것이다.

토요일(10일) 뉴스에 중국에서 만주에 주둔하고 있던 일본군 731부대의 잔학상이 담긴 사진과 함께 비밀서류들을 공개 하였다. 수많은 중국인 · 조선인 · 소련인들을 「마루타」(세균전의 실험용 인간)로 이용하여 생체 실험한 기록들이 담겨있더구나. 중국

역시 2차대전 당시 일본의 만행에 대해 우리 대한민국만큼 분노에 쌓여 있다. 과연 앞으로 이곳 동북아에서 어떤 일들이 일어날지 걱정이다.

아들아! 아버지는 네가 태어나기 전, 1985년 3월 1일에 3.1절 기념으로 일제의 만행을 알린다는 차원에서 부산 광복동 유화랑에서 전시회를 연 적이 있었다. 일본 731 부대에 의해 생체 실험된 억울한 영혼들을 위로하기 위하여 여러 인체 부분의 표현을 입체 작품으로 표출한 첫 개인전이었다. 당시, 최고 미술 잡지 「미술세계」에 실렸던 내용 복사하여 첨부하니 아빠의 작품전이 열렸던 전시장에 왔다는 기분으로 자세히 한번 읽어보기 바란다.

아들아! 작가들은 누구나 그의 첫 작품전의 감동을 평생 간직하면서 살아긴던다. 추운날씨에 인제나 동상 조심하고 건강하기 바란다.

2014년 1월 13일 아버지가

투철한 군인 정신으로 겨울 훈련에 임하길

아들아! 날씨가 많이 풀렸다. 요즘의 최전방 분위기는 어떠한지 궁금하구나. 북한에서 화해의 카드를 보내 왔지만, 뒤로는 핵실험 준비 등 기습 도발의 카드를 움켜쥐고 있을지도 모를 일이다.

한 겨울의 훈련이 혹독할지 몰라도 마지막 군대 생활의 겨울 훈련이라 생각하여 더욱 힘을 내기 바란다. 말년이라고 긴장하지 않고 안일한 태도로 임하는 훈련엔 생각지도 않은 사고가 빈번하게 일어난다. 명심하고 투철한 군인 정신으로 겨울 훈련에 임하기 바란다. 날씨가 풀리자 전북 고창 부안의 오리농장에 AI(조류 인플루엔자)가 발생해서 축산농가가 시름에 빠져있다. 당국에선 긴급 방역을 실시하고 있단다. 군대에서도 닭고기, 오리고기는 식탁에서 당분간 사라지겠구나. 한 겨울 건강은 골고루 많이 먹고 달리는 게 최고다. 곧 병장 진급하겠구나. 진급하면 바로 연락 다오. 병장 계급장을 단 멋진 내 아들의 모습을 꼭 보고 싶다.

2014년 1월 18일 아버지가

책 속에 모든 길이 있다

아들아! 오늘은 중부지역에 폭설이 내렸다는 소식을 들었다.

서부전선 최전방에도 흰 눈이 쌓여 아름다운 산하를 연출하고 있겠구나. 군에서는 흰 눈이 내리면 제설작업에 전 대원들이 동원되어 부대 막사 앞부터 연병장 눈 치우기까지, 아침 눈 뜨자마자 정신이 없을 게다. 이 아버지도 옛날 군대시절 때 한 겨울 눈이 내리면 낭만이라는 단어는 생각조차 나지 않았었지. 넓은 연병장의 눈을 치우고 나면 온 몸에 힘이 하나도 남지 않았던 기억이 나는구나. 눈을 치우고 난 뒤의 자유시간은 정말 꿀맛이었다.

아들아, 조용한 휴식시간이 되면 막연한 공상에 빠지지 말고 독서해라. 마음의 양식을 쌓는 것에 독서만큼 좋은 것은 없다. 제대 말년에 읽은 좋은 책은 아마 사회에 나와서도 좋은 밑거름이 될 것이다. 인생에서 최고의 스승은 책이더라. 책 속에 모든 길이 있다.

흰 눈이 쌓인 서부 전선을 그려보며 이만 펜을 놓는다. 건강해라.

2014년 1월 20일 아침 부산에서 아버지가

2014.1 자앵근즈

병장 진급을 진심으로 축하하며

아들아!

청마의 해 2월 초하룻날, 병장 진급을 진심으로 축하 한다.

빛나는 병장 계급은 군에서는 5성 장군(?)이라고 부른단다. 병장으로 진급하면 최고의 병사라는 자부심과 함께 무거운 책임감도 따르기 때문에 그리 부르는 게 아닐까?

그러므로 누구보다 투철한 군인 정신으로 솔선수범하는 모범병사가 되어야 한다.

장진혁 병장, 아빠의 1970년대 초의 군 시절에는 상병 제대자들이 많았단다. 선배 중에 월남전에 참전한 분이 있는데, 한여름 밤 베트콩과 야간 전투가 벌어졌을때 후임 일등병이 아랫배에 총탄을 맞고 비명을 지르며 "김 병장님!" 하며 바로 선배를 찾았다고 하더구나. 전쟁터에선 바로 병사들의 고참병인 병장이 최고란다. 후임 병사는 총알이 쏟아지는 긴박한 상황이 되면 장군님이나 중대장님을 찾는 것이 아니라 바로 가까이 있는 전우이자 선임병인 병장을 제일 먼저 찾는단다.

　얼마 남지 않은 병장으로서의 군 생활, 후임병들에게 멋진 장 병
장으로 기억되는 사람이 되도록 해라.

　갑자기 추워진 날씨에 폭설주의보까지 내렸구나.

　몸 건강하길 바란다.

2014년 2월 3일　아버지가

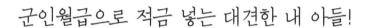

군인월급으로 적금 넣는 대견한 내 아들!

아들아!

새해부터 병사들의 월급이 올라 너는 14만 8천원이라는 거금(!)의 병장 월급을 수령하게 되었구나.

진심으로 축하한다.

사랑하는 아들아, 어려운 군 생활을 하면서도 매 달 받는 쥐 발톱만한 군대 봉급으로 매달 월 6만원의 군인적금을 넣고 있다는 엄마의 이야기를 들었다.

경제관념을 떠나 그 정신이 매우 좋다고 생각한다. 그것은 단순히 돈을 모은다는 차원이 아니라 자신을 성숙시키는 성의(誠意)가 있기 때문이다.

사람의 성숙은 돈에 있는 것이 아니라 성의에 있단다. 훌륭한 내 아들 장진혁 병장에게 격려의 박수를 보낸다. 돈 많은 아버지가 아니라 가난한 예술가를 아버지로 만난 너에게 그저 '성의를 가지고 정심(正心)하라'는 말밖에 해줄 것이 없구나.

기상대에서 또 북쪽 지역에 폭설이 내릴 것이라 하니 걱정이 앞선다. 동상 조심하고 겨울철에 있는 혹한기 훈련에 대비하여 언제나 건강한 체력 비축해 두어라.

2014년 2월 5일 아버지가

소치 동계올림픽

아들아!

오늘은 소치 동계올림픽에서 이상화 선수가 올림픽 신기록을 세우며 우리나라에 첫 금메달을 선물하였다. 스포츠를 좋아하는 이 아버지는 요즘 소치 동계올림픽 중계방송 보는 재미에 새벽까지 잠을 설치고 있다.

이 글을 쓰고 있는 동안에도 건너 편 TV에서 이규혁 선수가 1000m 결승에서 5위의 기록으로 들어오는 장면을 보고 있다.

장진혁 병장,

어제 이곳 부산에도 눈이 하루 종일 내려 야단이었다.

아직도 산위에는 하얀 눈이 덮여 있단다.

곳곳에서 작은 교통사고도 많이 발생했지만, 오랜만에 부산에서 흰 눈을 구경하는 어린 아이들은 눈사람을 만들기도 하고 눈싸움을 하며 그 웃음소리가 거리를 가득 채우고 있다.

군에 있는 너희 장병들은 눈이 오면 "오늘 또 고생하겠구나!" 하며 한숨을 쉬겠지만 이 곳 남쪽 부산에선 흰 눈밭의 풍경을 아름다운 한 폭의 수채화로 인식한단다.

　장진혁 병장,

　동계 혹한기 훈련이 막바지에 접어 들었겠구나.

　솔선수범하여 선임병장의 참모습을 보여 주길 바란다. 전진!

2014년 2월 12일 아버지가

대보름달 보며 소원하다

아들아!

오늘은 정월 대보름이다.

이곳 부산에선 정월 대보름날이 되면 어김없이 해운대 바닷가 백사장에서 달집태우기 행사가 성대하게 열린다. 우리 속담에 '설은 나가서 쇠어도 보름은 집에서 쇠어야 한다.' 는 말이 있다. 속담처럼 정월 대보름은 우리 민족 최고의 축제란다.

아마도 너희 전진부대 식탁에도 오곡밥에 갖가지 나물들이 병사들에게 대보름 특식으로 나왔을 거다.

아들아, 내 고향 진주에서 사촌형님이 만들어 준 불 깡통으로 그 넓은 진주 남강 백사장을 뛰어다니며 쥐불놀이를 즐겼던 유년시절이 생각나는구나.

오늘은 해운정사에서 대보름 예불을 정중히 올리고, 해운정사 공양간에서 오곡밥에 나물반찬으로 보름밥을 먹었다.

저녁땐 뒷동산 위의 둥근 대보름달을 바라보며 "얼마 남지 않은 군 생활을 남긴 내 아들 장진혁 병장이 무탈하게 제대할 수 있게 도

와주십시오!" 하며 달님께 빌었다.

　장진혁 병장,

　굳건한 마음으로 힘든 훈련 이겨내기 바란다.

　편안한 밤 되어라.

2014년 2월 14일 아버지가

김연아 선수에게 뜨거운 박수를

아들아! 오늘 새벽에 김연아선수가 금메달을 도둑맞았다. TV를 지켜보던 우리 국민들은 물론 소치 동계 올림픽을 시청하던 세계인들 모두가 김연아 선수의 2등 발표에 깜짝 놀랐다. 피겨 스케이팅에서 나온 러시아 심판의 편파 판정으로 인해 소치 동계올림픽은 최대의 오점을 남긴 불명예대회로 남을 것이다. 아들아! 은메달 발표에도 의연했던 피겨의 여왕 김연아 선수의 표정에서 우리 국민들은 그나마 안도의 한숨을 내쉴 수 있었지만, 러시아에게서 멋진 금메달을 도둑맞은 것은 변함이 없는 것 같구나. 자랑스러운 내 아들 장진혁 병장, 말년 병사로 맞이하는 마지막 동계 혹한기 훈련이 어떠하냐? 봄날 같은 따뜻한 날씨가 계속 되고 있으니 이번 혹한기 훈련은 날씨와의 싸움은 피한 것 같구나. 오늘은 편파판정의 논란에도 대범함을 보이며 금메달보다 빛나는 은메달을 목에 건 김연아 선수에게 뜨거운 박수를 보내는 하루로 기억하자.

2014년 2월 21일 새벽 아버지가

남북 이산가족 상봉

아들아! 금강산 상봉장에서 남북 이산가족 상봉이 이루어졌다.

어떤 할아버지는 구급차 간이침대에 누워 북한에 두고 온 아들과 딸을 만나 "이제 죽어도 여한이 없다!"라며, 죽으면 화장하였다가 통일이 되면 유골을 고향 선산에 뿌려 달라는 유언을 남길 때의 장면은 우리들의 눈시울을 붉게 만들었다.

아들아. 이 아버지가 가장 존경했던 돌아가신 이경훈 고등학교 미술선생님은 "나 죽거든 나를 위해 내 고향 북쪽 함흥에서 꼭 개인전을 열어라."고 하셨다. 그 말씀을 실행하고자 2007년 6월 현충일 날 북녘 땅과 가장 가까운 파주 임진각에서 국내최초로 돌아가신 선생님을 위한 개인전을 열었단다. 이산가족 상봉 때면 고향 함흥 땅을 바라보며 눈물짓던 이경훈 선생님이 생각난다. 보고 싶을 때 보고 살 수 있는 식구가 있는 우리는 얼마나 행복한 사람들인지 모른다. 겨울 감기에 조심하고 건강하기 바란다.

2014년 2월 23일 아버지가

뜻 깊은 3 · 1절

아들아! 어제는 뜻 깊은 3 · 1절이다.

1919년 3월 1일은 일본제국의 탄압에 대항하여 우리 선조들은 총칼 없이 분연히 일어나 "대한독립 만세!"를 외쳤던 날이었지만,

어제 2014년 3월 1일은 사랑하는 내 아들이 군대 생활 중 마지막 외박을 아버지와 함께 보낸 뜻 깊은 날이기도 하다.

일산에서 함께 관람했던 영화도 너무 좋았단다.

자랑스러운 내 아들 장진혁 병장.

너도 이제 그 멋진 군복 벗을 날도 얼마 남지 않았구나.

오늘, 건강하게 부대에 잘 복귀하기 바란다.

2014년 3월 2일 일산에서 아버지가

줄탁동시 (啐啄同時)

아들아! 불가에 '줄탁동시(啐啄同時)' 라는 말이 있다.

닭이 알을 깰 때에 알 속의 병아리가 껍질을 깨뜨리고 나오기 위하여 쪼는 것을 '줄(啐)' 이라고 하고, 어미닭이 밖에서 알을 깨기 위하여 쪼는 것을 '탁(啄)' 이라고 한다. 하나의 알에서 병아리가 나오는 것도 저렇듯 안과 밖의 마음이 동시에 모아져서 상호작용이 딱 들어맞을 때 성취되는 것이다.

장진혁 병장, 이렇게 글을 보내는 아버지의 마음을 어미 닭의 행위와 같은 '탁(啄)' 이라고 한다면 아버지의 글을 보고 행하는 너의 마음자세가 곧 '줄(啐)' 이라 할 수 있을 것이다.

그것이 무엇이 되었든 너의 마음과 나의 마음이 딱 맞아떨어진 자리에 어떠한 성취가 이루어지리라 본다.

이제 제대가 얼마 남지 않았구나.

마음 굳게 먹고 아버지가 전해 준 '일심정념(一心正念)' 을 늘 기억하여라.

아들아.

　벌써 개구리가 얼음을 깨고 겨울잠에서 깨어 나온다는 경칩이 지났다. 사랑과 정에 인색하지 말고 후임병들에게 유종의 미를 남기도록 해라.

2014년 3월 7일 부산에서 아버지가

대지에 새봄이 앉았다

아들아.

대지에 새봄이 앉았다.

개나리꽃이 꽃망울을 머금고 봄 햇살을 받고, 젊은 아낙들이 장산 언덕배기를 오르내리며 쑥을 캐고 있다.

이제 얼마 남지 않은 제대를 앞두고 여러 가지 생각이 많겠구나.

군대 제대할 때는 억울했던 일이나 마음 상했던 일은 모두 반납하고 오너라.

제대가 가까워지면 앞으로의 미래에 대한 걱정들 때문에 밥맛을 잃을 수도 있단다. 사람이라면 누구나 겪는 인지상정이니 그마저도 편히 받아들이도록 해라.

2014년 3월 17일 부산에서 아버지가

2014. 자연바느질

새로운 세계를 향해 전진!

아들아!

오랜만에 이부자리에 편안히 누워 TV를 본다.

그동안 바쁘던 일들이 어느 정도 정리도 되고 해서 휴일 같은 휴일을 만끽한다.

편안한 자세로 다리 뻗고 누워 류현진 선수가 호주에서 메이저리그 개막 경기를 하는 장면을 보게 되니 기분이 흡족하단다. 더욱이 친구인 허구연 위원이 중계방송까지 하는구나.

백넘버 99번의 류현진 선수 멋지게 던지다가 발을 다쳤는지 5회에 덕 아웃으로 들어갔지만 5회까지 무실점 투구를 하고 첫 승을 올려서 고국 야구팬들의 가슴을 시원하게 해 주는구나.

마지막 휴가를 즐기고 있을 사랑하는 내 아들 장진혁 병장.

동료 휴가병 만나러 간다더니 전라도 순천엔 잘 도착 했니? 순천만의 회도 많이 먹으며 멋지고 재밌는 휴가를 보내고 오너라.

너에게 첫 편지를 보낼 때가 엊그제 같았는데 벌써 제대가 다가
오는구나.

감회가 새롭다. 이제 마지막 휴가 마치고 귀대하면 며칠 지나 향
토예비군이 된단다. 축하한다. 애썼다.

장진혁 병장,

이제 귀대하면 그동안 너를 아껴주시던, 보급관, 소대장, 중대장,
대대장님들에게 멋지게 인사 올리고 정들었던 후임병사들과의 멋
진 헤어짐을 기대한다.

아들아! 새로운 세계를 향해! 전진!

2014년 3월 23일 아버지가

아들아, 제대를 진심으로 축하한다!

2014, 자이거스

아들아!

오늘 4월 1일 너의 제대를 진심으로 축하한다.

남들에게 말하면 만우절 농담한다고 안 믿으면 어떡하니?

그 동안 서부전선 1사단에서 국방의 의무를 다하며 건강하게 군대생활을 무사히 마치고 제대하게 됨을 정말 자랑스럽게 생각한다.

네가 제대하는 날에도 북한은 NLL 선상에서 대규모 포격도발을 일으켜서 사람을 긴장시키는구나.

제대하는 날에는 그동안 잘 대해 주었던 상관들에게 예의바르게 인사 올리고, 그리고 정들었던 후임병사들에게도 석별의 정 듬뿍 나누고 나오너라.

장진혁 병장!

그동안 수고 많았다.

짧은 군대생활이었지만 네 인생에는 제일 어렵고 힘들었던 시기였을 게다. 그 2년 여의 시간이 앞으로 사회생활을 할 때 큰 자산이 될 것이다. 제대하더라도 건강 챙기며 운동을 계속하기 바란다.

아들아!

부대 정문을 걸어 나오며 다시는 볼 수 없는 정들었던 부대의 정경도 조용히 둘러 보거라. 평생 부대 정경만은 잊지 못할 게다. 너의 제대와 함께 이 애비도 이제 펜을 놓으련다. 네 덕분에 그림편지도 보내보고, 글 쓰는 공부도 많이 했단다.

기회를 준 사랑하는 이들에게 감사한다. 너의 제대를 축하한다.

새로운 미래를 향하여 우리 함께 파이팅하자! 전진!

2014년 4월 1일 부산에서 아버지가

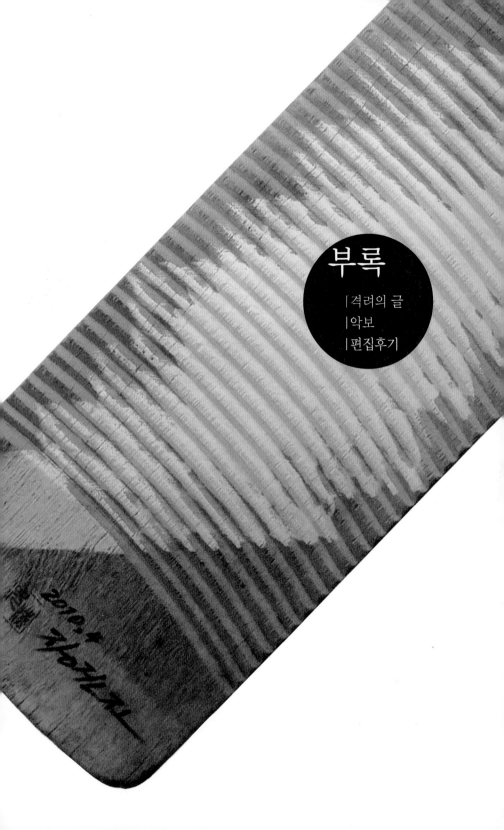

부록

훌륭한 분들의 글을 아들에게 보내면 그 기운이 아들에게 전해진다기에
연이 닿은 지인들로부터 격려의 글을 받았습니다.

진제(眞際) 종정 예하

장진혁 이병 '처처작주(處處作主)'

혜민 스님

장진혁 일병 화이팅!

190

노영찬 신부 (부산성모병원 의료원장)

장진혁 일병!
주님의 은총이 가득하기를 기도드립니다.

최일도 목사 (밥 짓는 시인)

사랑하는 장진혁 일병!
참 사랑의 나눔과 섬김으로 하나님을 기쁘시게 하고 이웃을 행복하게 하며 세상을 아름답게 만들어 가는 귀한 일꾼 되시기를 두손 들어 축원합니다.

장혁표 (전 부산대학교 총장,
　　　　청소년교육문화재단 이사장)

장 일병, 건투를 빕니다.
사람마다 자기다움이 있습니다.
그리고 물건처럼 양(量)으로 비교할 수 없어
도 치(値)는 다양합니다. 일품(一品)의 조건
중 제일 중요한 것이 자기다움인데, 각고의
노력과 준비가 있어야 됩니다. 현재 그곳에
서 최선을 다 할 때 가능한 것입니다.

김승규 (전 법무부장관, 전 국정원장)

장진혁 일병 파이팅!
말은 인격(人格)이라네. 훌륭한 인격을 기르
면 성공의 길이 보인다네!

조갑제 (조갑제 닷컴 대표)

장진혁 일병께.
총을 잡고 조국을 지키는 지금 이 순간이
인생(人生)의 황금기입니다.

송희영 (조선일보 논설 주필)

장진혁 일병님!
최전방에서 우리를 지켜주신 덕분에 발 뻗
고 잡니다.
내내 건강하시길 빌겠습니다.

허남식 (전 부산시장)

장진혁 이병!
자긍심과 애국심으로 보람된 군 생활하기
바랍니다.

성세환 (BS금융지주 회장)

장진혁 일병에게.
장 일병이 국가를 위해 보내고 있는 시간은
몸과 마음이 건강한 대한민국 청년들만이
할 수 있는 일입니다. 청춘에게 주어진 특권
을 마음껏 누리고, 무사히 전역하시기 바랍
니다.

격려의 글 지면 관계상 격려의 글을 텍스트로 옮겨 작성하였습니다.

격려 축하 그림

지유 대종사 (금정총림 범어사 방장)

장진혁 이병, 민족(民族)과 조국(祖國)의 수호신(守護神)이 되어 영예로운 군 복무를 마치고 더욱 빛나는 역군남아(役軍男兒)가 되소서.
취도지제(就道之齊) 김중산 (역학자)

장진혁 일병께!
항상(恒想) 항심(恒心) 항행(恒行)
존경하는 선배님의 사랑하는 아드님께.
유종헌 (동아일보 부국장)

장진혁 일병,
육군 병장 마크는 평생의 재산입니다.
건강히 제대하시기 바랍니다. 쾌도난마(快刀亂麻)!
박종진 (채널A 앵커)

장진혁 일병,
진인사대천명(盡人事待天命)
아버지의 사랑을 항상 잊지 말고,
최선을 다하는 인재가 되기를!
이기준 (한겨레신문 부국장)

장진혁 일병께.

추운 날 고생 많으시지요?

젊은 시절 고생 많이 하신 분들이 나중에 크게 되신다고 합니다. 앞날이 까마득하게 느껴지시겠지만 시간은 의외로 빨리 지나갑니다. 지금 고생하신 것이 긴 인생에 좋은 밑거름이 되실 줄 믿습니다.

김수혜 (조선일보 기자)

장진혁 일병께!

Be always Ambitious!

조운경 (The Seoul Times 편집국장)

장진혁 이병,

군복무는 대한민국 청년의 기본 의무입니다.

몸과 마음을 닦는 좋은 기회이기도 합니다. 파이팅!!

1사단 장병 여러분, 여러분의 노고에 부산 시민들도 감사드리며 늘 건강하시길 기원합니다.

이명관 (부산일보 사장)

장진혁 일병!

부모님의 사랑이 한량없는 것 같습니다.

남은 군 생활 건강하게 보내시고 제대 후 우리 사회의 큰 동량으로 성장해주시기를 기원합니다.

김진수 (부산일보 편집국장)

장진혁 이병의 건승과 파이팅을 기대하며 늘 건강하길!

차승민 (국제신문 사장)

장진혁 이병에게.
이 글을 쓰고 있는 지금 부산에서도 아주 오래간만에 흰 눈이 펑펑 내리고 있다.
진혁이를 위한 축복의 눈인 것 같다. 건강하고 씩씩하게!
설정수 (전 국제신문 편집국장)

장진혁 이병의 무운과 건승을 빌며….
송문석 (전 국제신문 편집국장)

장진혁 군에게.
어릴 때 모습이 어렴풋 떠오르는데 벌써 군인이 되었다니 세월 참 빠르구나.
건강하게 국방의무를 훌륭하게 수행하길 기도하면서.
장병윤 (국제신문 논설고문)

장진혁 일병께.
멋진 아버지, 더 멋진 아들 기대할게요.
강필희 (국제신문 노조위원장)

장진혁 일병,
나라를 지키면서 자신을 키워가는 장 일병이 자랑스럽습니다.
김기춘 (전 부산KBS 방송총국장)

장진혁 일병!
열심히 군 생활하시길 바랍니다.
김수병 (부산관광공사 사장, 전 MBC부산문화방송 사장)

장진혁 군!
새해 홧팅! 군 생활을 통한 경험이 멋 훗날 진혁 군의 인생에 큰 도움이 될 것이네.
긍정적인 사고로 즐겁게 전우애를 나누도록.

이만수 (전 KNN방송 사장)

장진혁 일병,
인생의 중요한 순간입니다. 현재의 순간들이 미래의 자산입니다.
두려워 말고 정면 돌파할 수 있는 자신감을 찾으시길.

김명근 (전 KNN방송 보도국장)

장진혁 일병,
아버지의, 아버지의, 아버지의 나라를 위하여 앞으로 대대로 아버지가 될 장 일병
의 수고는 더욱 뜻 깊은 수고가 될 것입니다. 건승을 빕니다.

성현숙 (KNN방송 보도부장)

장진혁 일병님!
엄동설한에 군 복무를 수행하느라 고생이 많습니다. 덕분에 우리 국민들이 편안히
현업에 종사할 수 있으니 얼마나 감사한 일인지요. 개인적으로 아들이 없어서 군
에 자식을 보내는 부모님들의 심정을 잘 모르나 부친이신 장 화백님의 아들에 대
한 사랑과 열정을 보면서 부성애가 남다름을 느낍니다. 귀한 분들의 작은 격려와
성원이 장진혁 일병님께 큰 힘이 되리라 생각합니다. 모쪼록 훌륭한 가친의 뜻을
깊이 새겨 훌륭한 지도자로 장성하길 기원합니다. 건강하시고, 전우들과 두루 감
사와 사랑을 나누세요. 홧팅!

유순희 (부산여성뉴스 대표)

장진혁 일병에게.
처처에 계신 불보살님의 가피로 앞으로의 인생에 희망과 용기가 넘치는 삶이되길
기원합니다.

권병훈 (전 부산불교방송 총괄국장)

장진혁 일병!
조국산하를 지키는 신성한 임무는
이 세상 가장 고귀(高貴)한 일!

송대성 (세종연구소 소장)

장진혁 일병!
건강하게 잘 지내고 부모님께 편지 자주 쓰세요.

천영우 (전 외교안보 수석)

장진혁 일병에게.
인생을 살아나가는데 있어 군 생활은 시간의 낭비가 아닙니다. 유무형의 인생자산
을 키우는 값진 시간입니다. 애국심, 성실성, 책임감, 인내심 등의 정신적 자산과
강인한 체력을 배양하는 것이 그것입니다. 훌륭한 아버님의 격려와 부대지휘관의
지도하에 성공적인 군 생활이 되길 기원합니다.

한철수 (예비역 육군대장, 한미우호협회 회장)

장진혁 일병!
아버지의 정성에 감사할 줄 아는 병사가 되어 효를 실천하는 군 생활이 되길 바랍
니다.

강덕동 (전 합동참모본부 차장, 예비역 해군 중장)

친애하는 장진혁 일병!
아버지의 극진한 사랑과 정성으로 군무(軍務)를 성공적으로 마칠 장 군(君)에게
군(軍)과 인생(人生)에 승승장구를 기원(祈願)합니다.

배양일 (전 공군참모차장, 바티칸 대사)

장진혁 일병에게!
보람되고 뜻있는 군대생활 되세요.
사람중심 행복사회를 위하여!

김정길 (전 행정자치부 장관)

장진혁 이병 파이팅!
어려운 여건 속에서도 항상 건강하세요.

김석조 (전 부산광역시의회 의장)

장진혁 일병 파이팅!
꿋꿋한 군생활로 승리하세요.

임혜경 (전 부산광역시 교육감)

장진혁 일병 파이팅!

이해동 (부산광역시의회 의장)

장진혁 이병,
국가와 민족을 위해서 애국의 국토방위에 나선 장진혁 이병의 앞날에 무궁한 영광
과 발전이 함께 하기를 기원합니다.

김정선 (전 부산시 교육위원장, 법학박사)

장진혁 이병의 국방의무로 인해 우리 연제구민들은
행복한 나날을 보내고 있습니다. 장진혁 이병 파이팅!
이위준 (부산연제구청장)

대한민국의 남아 장진혁 이병,
사람은 누구나 의무를 다해야 합니다.
국방의무야 말로 나라에 충성과 국가를 위해 봉사하는 것입니다.
새로운 리더는 최선을 다하는 의무자만이 정상에 설 수 있습니다.
박극제 (부산광역시 서구청장, 아버지 초등학교 친구)

장진혁 용사!
대한남아의 기상을 군문에서 배우고 익혀 당당한 사나이로
거듭나길 기원 드립니다.
하계열 (부산진구청장, 큰아버지 죽마고우)

장진혁 일병,
국가와 겨레를 위해 충성스런 군 생활 잘해주길 바란다.
배덕광 (국회의원, 전 해운대구청장)

장진혁 일병!
용감하고 씩씩한 대한민국의 자랑스러운 군인이 되어 주시고, 남은 군 생활도 잘
마치고 건강한 모습으로 돌아오시길 기원합니다.
김은숙 (중구청장)

장진혁 일병!
조물주는 나에게 모든 것을 다주지는 않는다네.
그리고 내가 산만큼 거둔다는 것을 잊지 말게나.

박춘한 (전 부산경륜공단 이사장)

자랑스런 장진혁 일병,
국가와 국민의 상징! 애국심으로 국가에 보답하는 자랑스런 장진혁 일병이
되길….

박종익 (㈜삼익 회장)

장건조 화백님의 아들 장진혁 일병에게.
평소 장 일병의 아버님 장건조 선생께서는 사회활동과 대인관계에 탁월하며 정과
인정이 많으신 분이라 선생의 아들께도 정서(精書)를 드리고 싶네.

양수웅 (전 대한민국 팔각회 부총재)

장진혁 일병께!
아버님의 정성을 오래도록 기억하시고, 멋지게 군 생활을 즐기세요.

강현근 (전 초대부산울산소상공인협회장)

장진혁 일병!
국가의 가치를 제고시키는 신성한 국방의무를 성실히 수행하는 멋진 대한민국의
군인이 되길….

이기수 (전 고려대학교 총장)

장진혁 일병에게.
대한민국(大韓民國) 최강(最强) 천하제일(天下第一) 사단(師團)에서 멋지고 보람찬 군 생활이 되기 바랍니다.

임해철 (전 홍익대학교 총장)

장진혁 일병에게.
대한민국의 제일가는 남아가 되기 위해서,
조국을 지키는 남아가 되기 위해서, 인생의 희노애락(喜怒哀樂)을 배우는 남아로서 모든 것을 이루는 남아가 될 것입니다.

장원동 (서경대학교 교수)

장진혁 일병!
항상 긍정적인 자세로 행복한 군 생활하기 바랍니다.

김영섭 (부경대학교 총장)

장진혁 일병,
젊은 날의 군 생활은 소중한 삶의 자산입니다.
거센 파도를 이겨내는 바위처럼 꿋꿋하게 군 생활 잘하길 바랍니다.

박한일 (한국해양대 총장)

장진혁 일병!
신성한 국방의 의무를 수행하고 있는 진혁군에게 힘찬 격려와 응원을 보냅니다. 어디서나 자랑스러운 동아인 임을 잊지 말고, 건강한 모습으로 돌아오길 바랍니다.

권오창 (동아대학교 총장)

자랑스런 장진혁 일병!
대한민국의 자랑스런 아들로 최전방에서 국토방위에 여념이 없는 진혁이에게 무한한 사랑을 보낸다. 미래에 자신의 차별화된 브랜드를 만드는데 소중한 자산이 될 거야. 파이팅!

설동근 (동명대학교 총장)

장진혁 일병,
참으로 자랑스런 이름이네요. 건강한 하루하루, 희망에 찬 군 생활을 기도합니다.

송수건 (경성대학교 총장)

든든한 장진혁 일병께.
남은 군 생활 사명감을 가지고 잘 마치고 제대해서 조국 대한민국이 필요로 하는 훌륭한 인재로 더욱 발전해 나가시기 바랍니다. 늘 건승을 축원합니다.

장제국 (동서대학교 총장)

장진혁 일병,
대한민국 남자로서 군의 경력을 갖는 것은 세상을 살아가는 또 다른 능력을 기르는 과정입니다. 열심히 한 만큼 자기의 것으로 만들어 귀향하기 바랍니다.

정량부 (전 동의대학교 총장)

장진혁 일병에게.
사람은 모두 꿈을 가지고 있다. 진혁군! 어떤 꿈을 가지고 있는가. 꿈의 실현은 결코 포기하지 않아야 성공, 즉 꿈을 이룰 수 있다. 건강하시게!

김민식 (1967 1사단 11연대 소위, 전 부산디지털대학교 총장)

장진혁 일병,
삭풍 몰아치는 전선에서 국토방위에 혼신을 다하는 장군!
부친 장건조 화백의 부정에 화답하며 앞날에 무궁한 영광이 함께 하시라!

김석권 (동아대학교 전 의과대학장)

장진혁 군,
건강하고 보람있는 군 생활을 마치고, 대학생활을 열심히 하는 남자로 다시 만나
기를 기대합니다.

이충섭 (동아대학교 경영대학장, 교수)

장진혁 일병에게,
세계평화와 인류의 번영을 위한 장 일병의 젊음의 시간에 고마움과 격려를 보냅
니다.

송한식 (동아대학교 경영대학 교수)

사랑하는 진혁 군!
남은 군 생활 활기차게 마치고, 교정에서 다시 만나보자!
파이팅!

정형일 (동아대학교 경영학과 교수)

장진혁 이병,
추운 겨울에 건강하길 바란다. 새해엔 만사여의(萬事如意)하길 바라며….

신기주 (동의대학교 철학과 외래교수)

장진혁 일병, 힘내라! 건강하고 씩씩한 군 생활 마치기를 바랍니다.

양인평 (전 부산고등법원장, 법무법인 로고스 대표변호사)

진혁씨,

세상엔 두 부류의 사람들이 있지요. 짐을 들어주는 자와 비스듬히 기대는 자랍니다. 입대하신지 얼마 되지 않았죠? 군 생활을 통해 조직에 헌신하고, 동료를 편하게 해주는 사람이 되었으면 합니다.

훌륭한 아버님을 두셨군요. 아버님께 효도하는 멋진 청년이었으면 합니다.

박흥대 (부산고등법원장)

장진혁 일병에게.

최전방에서 추위와 싸우느라 고생이 많습니다. 오늘의 어려움을 잘 극복한다면 희망찬 미래를 맞이할 것이라고 확신합니다. 열심히 노력하십시오. 건투를 빕니다.

이정일 (부산지방법원 부장판사, 장건조 선생님의 제자)

장진혁 일병에게.

힘겨운 군 생활을 통하여 나와 민족과 인류를 구하는 위대한 인재가 되기를 바랍니다.

김창환 (법무법인 창 대표 변호사)

장진혁 일병에게.

국방 의무에 전념하는 장 일병이 건강하고 무탈하게 좋은 기억을 남기는 군 생활을 할 수 있도록 기원합니다.

조영국 (변호사, 장건조 화백님의 제자)

장진혁 일병,

슬기와 용기로 행동하고, 끈기와 희생으로 사회 발전에 기여하거라!

정삼현 (전 동아대학교 체육대학장, 유도 8단)

장진혁 일병에게.
일회전만 더 뛰자. 4전 5기로 일회전 더 뛰어라!

홍수환 (4전 5기의 신화)

장진혁 일병,
건강한 군 생활을! 학무지경(學無止境)!

허구연 (MBC 야구해설위원)

장진혁 일병,
젊음의 한 과정을 승리하세요.

박창선 (축구감독)

장진혁 일병,
자랑스런 조국, 대한민국 건아! 조국의 미래, 장진혁의 힘!

하형주 (동아대학교 교수, 84년 LA올림픽 유도 금메달리스트)

장진혁 일병,
자랑스런 대한민국 국군! 우리 미래의 희망이요, 축복입니다.
통일된 조국을 위해 훌륭한 지도자가 꼭 되어 주세요.

김원기 (84년 L.A.올림픽 레슬링 금메달리스트)

새로운 세상을 여는 진혁이가 되세요.

이만기 (천하장사)

장진혁 일병!
큰 꿈을 이루길 바란다.

엄홍길 (산악인, 엄홍길휴먼재단 상임이사)

장진혁 일병에게.
당신은 우리의 영웅입니다. 대한민국 파이팅!

문대성 (IOC위원, 04년 아테네올림픽 태권도 금메달리스트)

장진혁 일병,
대한의 건아, 자랑스런 아들로 최전방에서 국토방위에 최선을 다하여 건강하게 근무하기 바란다!

김인겸 (사단법인 한국권투위원회 부산 · 경남지회 사무국장)

장진혁 일병!
자신의 몸과 마음을 잘 지키는 사람이 가장 강한 용사라고 합니다. 건강하고 즐겁게 지내세요!

박재동 (만화가, 한국예술종합학교 교수)

귀한 아들 장진혁 일병에게.
몸과 마음이 강철 같은 사람이 되어 돌아오세요.

이윤택 (극작연출가)

장진혁 일병,
음악은 아름답고, 힘이 있고, 신비로운 것일세. Beethoven이 남긴 (인류에게준 선물) 작품처럼 어려움을 극복하고, 조화로움을 찾는 군대생활을 하게! 서로 위하고 아끼면서 군대 생활의 보람을 찾게나. 건강하게 다시 만나자.

김지세 (바이올리니스트, 아버지의 친구)

장진혁 일병에게,
군 생활이 남아의 기백을 기르고, 자신과 부모, 이웃에 필요로 하는 사람이 되길
바랍니다.

송영명 (부산예총회장)

장진혁 일병!
한국의 남아로서 세계를 향해 비상할 비전을 갖고 군 복무를 잘 마무리 해주길
기대합니다.

남송우 (전 부산문화재단 대표이사)

장진혁 일병!
건강한 신체, 건강한 정신, 건강한 군대

조일상 (부산시립미술관 관장)

장진혁 군에게.
건강하고 보람된 군 생활하기 바랍니다.

김양묵 (전 부산미술협회 이사장)

장진혁 일병,
조국의 안전을 위해서 늘 힘써 주시길 바라면서 건강하세요.

오수연 (부산미술협회 이사장)

장진혁 일병!

어쩌면 인생에서 가장 힘든 시간을 보내고 있으리라 생각됩니다. 항상 건강 조심하시고, 보람된 군 생활하시길 바랍니다. 앞으로 성공적인 사회생활의 큰 밑거름이 되시리라 생각되며 파이팅!

박선민 (부산미술협회 한국화 분과회장)

장진혁 일병!

무궁화 꽃처럼 애국심 가득한 군대 생활이 되시길 기원 드립니다!

김지영 (무궁화 화가, 부산미술협회 이사)

장진혁 일병!

조국과 민족을 사랑하는 청춘만이 영원한 꽃으로 핍니다. 전방의 노고를 위로합니다.

정영자 (전 부산문인협회장)

장진혁 일병!

국가를 보위하는 큰일에 긍지를 갖고 건강하게 충실히 봉사하게!

정경수 (부산가톨릭 문인협회장)

장진혁 일병께,

쏟은 땀방울이 장 일병을 배신하는 일은 없을 것입니다. 생각하기에 따라 군 생활 2년은 젊음을 썩히는 곳이 될 수도 있고, 미래를 열어가는 마당이 될 수도 있습니다. 지난 세월의 삶을 돌아보다보면 앞으로 나아갈 길도 보일 것입니다. 값진 군 생활 보내시고요. 항상 건강하고, 군 생활 잘 마치고 귀향하기 바랍니다.

김경환 (한국사진작가협회 부산지회장)

장진혁 일병,
국가를 위하여! 얼씨구!

김전이 (한국국악협회 부산지회 지회장)

장진혁 일병에게.
긍정적인 사고와 인격을 다듬고, 자기 계발을 하는 소중한 군 생활이 되기를 바
란다.

권영관 (부산광역시 무형문화재 15호 불화장)

자랑스런 국군, 장진혁 군에게.
맹지(盲地)같은 사람이 되지 말고, platform같은 사람이 됩시다.

민병일 (국제환경예술제 조직위원장, 미학박사)

장진혁,
건강하고 큰 일하는 사람으로!

송호준 (사단법인 부산메세나 진흥원장)

자랑스런 대한의 정예육군 장진혁 일병께.
엄동설한을 불타는 애국심과 젊음의 열기로 녹이시고, 무사제대를 기도드립니다.

안영찬 (한 · 일 현대ART 교류회장)

장진혁 일병,
아버지가 항상 너에 대해 기도하듯 너 또한 조국과 아버지에 대해 끝없이 기도하
라. 사랑한다. 언제나 건강하길….

이유상 (환경문화연합 대표)

장진혁 일병!
구름이 내리는 비를! 풀도 작은 나무도 큰 숲에도, 뭇 생명을 품는 나무가 되기를….

박치흥 (아시아기록연구소 소장)

장진혁 일병,
대한민국을 짊어지고 있는 장진혁 일병! 자랑스럽다.

김철석 (한국민속연보존회 상임이사)

장진혁 일병,
장진혁 일병이 몸 건강하게 군 생활을 잘하는 것은 아버지, 어머님이 만수무강(萬壽無疆) 할 수 있는 가장 큰 효도(孝道)이다.

신석산 (사단법인 효문화지원본부 본부장)

장진혁 일병께!
조국의 안녕을 위하여 힘써 주셔서 가슴깊이 감사드립니다. 아름다운 청춘 보내시기를….

권민석 (리코더 연주가)

장진혁 일병,
국가 안보를 위해 수고가 많다. 건강에 유의하고 본연의 의무에 충실하기 바란다.

박세준 (큰 아버지, 전 진주동명중 교사)

진혁아, 군대생활 잘하고 파이팅!

장영조 (삼촌, 대림정밀 대표)

장진혁 일병! 자부심으로 군 생활 뜻있게 하시기 바랍니다.

장근도 (산청군청 주민생활실장, 집안 형님)

장진혁 일병, 파이팅!

힘든 군 생활도 긍정적인 생각으로 즐기며 생활한다면 힘듦이 줄어들고, 훗날 돌이켜 본다면 행복했던 생활이었다는 것을 느낄 거예요. 항상 힘내고 씩씩하게 자랑스런 장씨 문장의 아들이 되소서….

백외숙 (민주평화통일 자문회의위원, 조카며느리)

장진혁 일병!

추운 겨울, 건강한 몸으로 군 생활 잘하길 바랍니다.

김경환 (온누리대학 약국장, 장건조 선생님 제자)

장진혁 일병,

사해웅비 큰 뜻으로 달에 획을 그어 나라에 기둥이 되는 대한민국 국군으로 국방에 의무를 다하기 바랍니다.

문성용 (전국 유권자 연맹 총재)

장진혁 일병!

국가의 부름을 받아 신체와 정신을 연마하고, 나아가서 세계 인류에게 기여하는 군인이 되길 기원합니다.

김윤한 (무국적자 난민연대 세계평화국 설립자)

장진혁 일병!

자신을 사랑하세요. 그리고 그 사랑을 전우와 나누는 멋진 병사가 되세요.

이화옥 (전국자살예방시민연대 상임대표)

아들아

작사: 장 건조
작곡: 메모토리

1.북 녁의 철책선을 바라보는 아 들아
2.북 녁의 철책선을 바라보는 아 들아

임 진 강 칼바람이 철모를스치 며
임 진 강 꽃바람이 철모를스치 며

불끈 쥔 너의총검에 서리꽃이 앉았구 나
불끈 쥔 너의총검에 아지랑이 피었구 나

기 러 기떼 끼룩끼룩 울고 갈 적에
진 달 래꽃 아롱다롱 꽃피 울 적에

빈 하늘 바라보는 아버 지 마음
보 고파 눈물짓는 어머 니 마음

이 노래의 가사는

장건조 화백이 군에 간 아들을

그리워하는 애틋한 마음을 시로 표현한 것이다.

왕성한 활동을 하고 있는 작곡가 메모토리가

지은이의 시에 감동을 받아

이 노래가 보다 많은 사람들에게 알려지길 바라는

마음에서 아름다운 선율을 덧붙였다.

1절은 추운 겨울 날 빈 하늘을 바라보며

아들을 염려하는 아버지의 마음을 표현했으며,

2절은 봄바람 부는 계절에 늘 품 안에 있던

아들이 그리워 눈물짓는 어머니의 마음을 담았다.

감동이 고스란히 느껴지는 가사와 함께

누구나 쉽게 따라 부를 수 있는 경쾌한 곡조가 특징이다.

아버지를 생각하며

이번에 아버지께서 저의 군대생활 동안 저에게 보내주신 그림편지를 엮어 『아들아』라는 제명의 책을 출간하게 되었습니다.

그동안 아버지는 7년 전부터 우리 곁을 떠나 절에서 작품생활과 함께 하안거·동안거·참선공부를 하셨고, 3년 전에는 해운대 장산 아래 반송에 화실을 구해 작품도 하시며 집을 떠나 계셨습니다.

아버지께서는 지난 날 예술가로서 작품 활동을 하시며 술을 엄청 많이 마셨는데, 절에 가서 참선수행을 하면서부터 많이 마시던 술과 많이 태우시던 담배까지 모두 끊었습니다. 건강을 찾으시겠다고 매일 운동을 하시고 있는 아버지를 보니 정말 다행이라고 생각합니다.

2년 전 제가 논산훈련소에 입대하던 날, 아버지께서 오시지 않아 조금 서운했습니다. 하지만 논산훈련소에서 신병훈련을 받던 중 우연히 아버지의 첫 편지를 받게 되었는데, 반가우면서도 매우 놀랐습니다.

　저는 논산훈련소에서 한여름 교육을 무사히 마치고 전라남도 장성군 공병학교에서 후반기 교육을 받은 후, 가을에 서부전선 최전방 1사단 공병대대 '지뢰탐지병'으로 배속 받게 되었습니다.

　찬바람이 부는 임진강 최전선 1사단 공병대대에서 이등병 군 생활이 시작될 때, 내무반에서 아버지의 첫 그림편지를 받아보니 부모님께서 보낸 편지를 받는 병사는 저뿐이었습니다. 반갑기도 하고 한없이 자랑스럽기도 했습니다.

　그 다음부터 매주 아버지의 그림편지와 태극기가 인쇄된 A4용지에 유명인사 분들의 격려의 글들이 편지와 함께 내무반으로 오니 반갑기도 하였지만 한편으로는 다른 내무반원들에게 미안하기도 하였습니다.

　공병대대의 겨울철 혹한기 훈련에 동원되다보니 정신없이 이등병시절이 지나갔으며 계속해서 보내주신 아버지 그림편지가 그지없이 반갑고, 저에게 큰 격려가 되었습니다. 군대생활은 훈련적응에 정신없는 가운데 이등병, 일병 생활을 보낸 것 같습니다.

아버지께서 자주 부대에 면회도 오시어 부대에서도 대대장님, 중대장님, 그리고 보급관님까지 아버지가 특수부대 출신인 것도 알게 되었고, 그림편지를 보내시는 특별한 아버지의 정성에 감동하는 듯했습니다.

사실 아버지의 그림편지 덕분에 군 생활에서 제가 부대에서 유명세를 타게 되었습니다. 병장 계급을 달 때까지도 계속되었던 아버지의 그림편지가 국방일보에 기사로 크게 소개되면서 사단의 전 부대원들이 알게 되어 저는 뿌듯하기도 했지만 한편으로는 부담스러웠습니다.

아버지의 그림편지 덕분에 어떻게 보면 저는 다른 병사들 보다 고된 시간을 잊고 무사히 건강하게 제대를 하게 된 것 같습니다. 다만 100여 통의 아버지 편지를 받으면서 제대로 된 답장 한 번 하지 못한 것이 지금 생각해 보면 죄송스럽습니다.

　아무쪼록 아버지의 그림편지가 결실을 맺어 『아들아』라는 책이 나오게 되었고, 책 속의 주인공이 되어 매우 기쁩니다.

　'처처작주(處處作主), 가는 곳 마다 주인이 되어라.'

　진제 종정 큰스님의 말씀처럼 사회생활에서도 주인공으로 꼭 성공하겠습니다. 100여 분의 유명인사 분들의 좋은 격려의 말씀들도 앞으로 살아가는데 생활 지침서로 삼아 가슴속에 담아두고 늘 생각하며 행동하는 멋진 젊은이가 되겠습니다.

　어느 누구보다도 아버지의 사랑을 듬뿍 받은 병사로서 항상 조국을 사랑할 것이며 아버지께서 미리 당부하신 유언을 받들어 '효(孝)'를 실천하는 젊은이가 될 것을 약속드립니다.

　　　아버지 고맙습니다.

2014년 10월 20일 장진혁 올림

아들아

초판 1쇄 발행 2014년 11월 19일

지은이 大海 장건조

펴낸이 주영배

펴낸곳 무량수

주소 부산광역시 해운대구 센텀북대로 60
     (재송동, 센텀IS타워 1009호)

전화 051) 255-5675

팩스 051) 255-5676

전자우편 boan21@korea.com

표지디자인 최정현

사진 류봉림

감수 설정수, 장혁표

정가 15,000원

ISBN 978-89-91341-44-9

보내는 사람

□□□ - □□□

받는 사람

□□□ - □□□

보내는 사람

□□□ - □□□

받는 사람

□□□ - □□□